LA PIERRE DE MINUIT

DANS LA MÊME SÉRIE

1. La révélation
2. L'intrus
3. Pouvoirs secrets
4. La protectrice
5. L'étrangère
6. Le passager clandestin
7. La pierre de minuit
8. Le rebelle (avril 2002)

ROSWELL™

MELINDA METZ

LA PIERRE DE MINUIT

FLEUVE NOIR

Titre original :
The Vanished

Traduit de l'américain par
Anne-Virginie Tarall

Série proposée par Patrice Duvic

ISBN : 2-265-07296-6

CHAPITRE PREMIER

Michael Guerin huma une bouffée d'air fraîche et vivifiante. L'océan…

Dieu, il aimait tellement cette odeur !

Oui, mais est-ce parce que tu adores la mer ? se demanda-t-il. *Ou parce que c'est celle de Cameron ?*

Il choisit d'ignorer la question. Il avait besoin de dormir. Penser à Cameron Winger revenait à boire d'affilée cinquante cafés bien tassés. Il avait l'impression que ses nerfs vibraient comme les cordes d'un instrument de musique.

Le parfum iodé de l'océan se précisa. Michael sursauta.

Cameron était là.

Dans la pièce, dans sa *chambre à coucher*. Il en était certain.

Avant qu'il puisse s'asseoir, des bras s'enroulèrent autour de sa taille. Une haleine tiède, sur son cou…

Cameron était *dans son lit*.

Prisonnier du shérif Valenti et de ses complices du Projet Table Rase dans leur complexe souterrain, en plein désert, il avait souvent imaginé que la jeune fille venait se glisser à ses côtés. A l'époque, ses fantasmes l'aidaient à ne pas devenir fou – à éviter de penser à ce que les agents de l'organisation gouvernementale feraient de lui dès qu'ils lui auraient soutiré les secrets de ses pouvoirs.

Mais c'était avant qu'il ne découvre la vérité au sujet de Cameron. Et n'apprenne que la jeune fille n'était pas prisonnière comme lui.

Cameron travaillait pour Valenti. Elle était censée lui soutirer les noms des autres extraterrestres résidant à Roswell.

Que devait-il faire ? Oublier que la jeune fille l'avait trahi ? Et après... ? Etait-il censé la prendre dans ses bras et l'embrasser, comme si de rien n'était ?

Oui, gros bêta ! C'est ça. Vas-y !

— Tu ne peux plus me regarder en face ? se plaignit Cameron. Ça fait des jours que tu évites de croiser mon regard.

C'était la vérité.

Chaque fois qu'il posait les yeux sur elle, il la désirait à en mourir. Mais recommencer... quelque chose... avec la jeune fille ne lui semblait pas une excellente idée.

Cameron le lâcha et recula. Le matelas s'incurva légèrement quand elle se glissa au bord du lit.

— J'avais pensé qu'en risquant ma vie pour tes amis et toi… Je me suis trompée.

Michael prit appui sur les coudes et s'adossa à la tête de lit. Il jeta un coup d'œil à la jeune fille qui lui tournait le dos. La vue de sa nuque, sous ses courts cheveux roux, le fit frémir. Détail étrange, cette coupe militaire accentuait sa féminité.

— Non, tu ne t'es pas trompée. Ton geste a beaucoup de valeur à mes yeux. Nous ne nous en serions pas sortis vivants sans ton intervention.

Là encore, c'était vrai. Cameron avait risqué sa vie pour leur permettre d'échapper à Elsevan DuPris, un ennemi qui s'était révélé infiniment plus dangereux que le shérif Valenti et les sbires du Projet Table Rase.

La jeune fille savait que DuPris était un extraterrestre doté de pouvoirs bien supérieurs à ceux de Michael et de ses amis. Pourtant, cela ne l'avait pas empêchée de se jeter sur lui, sans arme.

Sans défense.

— Mais… ? demanda Cameron.

Il y avait effectivement un « mais ». Michael ignorait qui était la vraie Cameron. La jeune fille qui l'avait trahi ? Ou celle qui avait bravé le danger pour les sauver ?

Il soupira.

S'il devait tenter de lui expliquer, il fallait au moins qu'il la regarde en face. Quitte à ajouter de l'huile sur le feu de ses désirs…

Il saisit Cameron par les épaules, la força à se retourner…

… Et hurla à gorge déployée.

DuPris, pas Cameron, était assis au bord de son lit.

— Réveille-toi, Michael ! Tu n'es pas de la même espèce que cette… fille. La nôtre est infiniment supérieure à la leur. Ne te souille pas !

Que voulait DuPris ? Il n'avait pas pris l'apparence de Cameron pour donner des conseils à Michael sur sa vie amoureuse…

— Réveille-toi ! répéta DuPris.

Mais ça n'était plus la voix de l'extraterrestre renégat, mais celle de Max Evans. Le meilleur ami de Michael.

Quelqu'un prit le jeune homme par les épaules pour le secouer. Pourtant, DuPris n'avait pas fait mine de le toucher. D'ailleurs il n'était plus dans la chambre.

Bon sang…

— Je sais que tu as besoin de ton quota de sommeil pour rester beau, mais tu dois te réveiller ! insista la voix de Max.

Michael se redressa en sursaut.

— Merci… Je faisais un cauchemar. Cameron

se transformait en DuPris et… (Il secoua la tête.) Pas besoin de te faire un dessin.

— Horrible ! concéda Max.

Il recula.

Michael s'aperçut que Max et lui n'étaient pas seuls. Le reste du groupe était là. La sœur de Max, Isabel, se tenait près de la porte, à côté de Liz Ortecho, de Maria DeLuca et d'Adam.

Un instant, Michael se demanda en quel honneur le groupe au complet était venu le cueillir au saut du lit… Puis il se souvint de ce qu'ils avaient convenu de faire… Fouiller les ruines du complexe du Projet Table Rase, avec l'espoir de retrouver le vaisseau spatial dont DuPris avait provoqué le crash sur Terre, après avoir tué les parents de Michael, ceux d'Isabel et Max… et ceux d'Adam.

Michael l'avait cherché pendant des années, fouillant le désert aux alentours du site du crash.

Quelques semaines plus tôt, ses amis et lui avaient découvert que les agents du Projet Table Rase – une organisation gouvernementale créée pour débusquer et éliminer les extraterrestres infiltrés sur Terre – le gardaient depuis des décennies dans leur complexe souterrain secret.

Michael avait découvert le vaisseau spatial uniquement parce que Valenti et ses complices l'avaient capturé. Puis les amis du jeune homme avaient fait irruption dans le complexe, l'arrachant à sa prison et détruisant les lieux.

Valenti et le Projet Table Rase n'étaient plus qu'un mauvais souvenir. Ils avaient été réduits en cendres. Atomisés. Eliminés !

Mais le vaisseau spatial était peut-être de l'histoire ancienne, lui aussi…

— Je vois que toute la bande est au rendez-vous, dit Michael. Si vous pouviez m'accorder une minute, le temps que je m'habille… Après, je serai à vous.

Soudain, il s'avisa du silence et des coups d'œil inquiets que ses amis échangeaient.

— Que se passe-t-il ?

Personne ne lui répondit.

Il manque quelqu'un ! pensa Michael.

Et ce n'est pas Alex…

Aussi triste que cela fût, il s'était presque habitué à l'absence de l'aura orange d'Alex Manes dans l'arc-en-ciel de leur connexion.

Des jours s'étaient écoulés depuis que le jeune homme avait été entraîné par erreur dans le vortex ouvert par Max entre la Terre et leur planète d'origine. Avec l'aide de la conscience collective réunissant tous les êtres de leur monde, Max avait voulu rapatrier DuPris pour qu'il comparaisse devant ses juges… Mais une fois de plus, le traître les avait dupés.

Aujourd'hui, le renégat était libre. Quant à Alex,

il errait dans une *très* lointaine galaxie. Et qui savait ce que les êtres de leur planète éprouvaient à l'idée d'être encombrés par un… touriste de l'espace ?

— C'est Cameron, dit Maria d'une voix douce en repoussant derrière son oreille une boucle blonde rebelle.

Michael bondit hors du lit. Sans prendre la peine d'enfiler un jean par-dessus son boxer-short, il se précipita dans le salon, vers la couche que s'était confectionnée la jeune fille avec les restes des chaises éventrées.

Elle était vide.

Quand Michael se baissa pour tâter un coussin, il le trouva froid. Cameron était partie depuis des heures.

Le jeune homme se tourna vers Adam.

— L'as-tu entendue sortir ?

Adam, Cameron et lui avaient élu domicile dans l'appartement de Ray Iburg, au-dessus du Musée de l'OVNI. Ray n'y aurait pas vu d'inconvénient… Il était devenu une sorte de mentor pour Max, Isabel et Michael. Après tout, c'était le seul extraterrestre adulte qui eût survécu au crash…

Enfin, ils l'avaient cru, jusqu'à ce qu'Elsevan DuPris leur révèle la vérité sur ses origines.

— Je dormais, répondit Adam, compatissant.

Max s'éclaircit la gorge.

— Désolé, dit-il, posant une main sur l'épaule de son ami.

Un instant, Michael fut surpris par le manque de force de Max. Mais quoi d'étonnant après tout ce qu'il avait traversé ?

— Ça va, répondit Michael. Nous avons des problèmes plus urgents.

Il penserait à Cameron plus tard. Bien plus tard. Ses sentiments pour une fille ne l'empêcheraient pas d'agir. Même s'il s'agissait de celle qui le mettait sens dessus dessous, qui l'avait trahi et qui lui avait sauvé la vie.

Si Max était capable d'affronter le désastre qu'étaient devenues leurs vies, Michael le pouvait aussi. Les taches fripées et rugueuses apparues sur le visage et le cou de Max quand il avait créé le vortex avaient disparu. Mais après cette colossale dépense d'énergie, il était loin d'avoir retrouvé la pleine forme. Michael s'étonnait de le revoir debout. Son meilleur ami faisait preuve d'un formidable courage…

Michael ramassa un pantalon, un T-shirt et s'habilla.

— Alors, qu'est-ce qu'on attend ?

— A la Batmobile ! cria Maria.

Personne ne rit.

— Désolée, marmonna la jeune fille. Vous savez ce qui m'arrive quand je suis nerveuse. Mon cerveau n'a pas plus de consistance que de la gelée.

Quelques minutes plus tard, dans la Jeep de Max et d'Isabel, tous les six serrés comme des sardines en boîte, Michael était assis à l'arrière, pris en sandwich entre Adam et Max, qui avait fait à Liz une place sur ses genoux. Isabel conduisait, Maria installée près d'elle.

Ils traversèrent Roswell en direction du désert. Le soleil brillait, faisant monter du bitume une brume miroitante.

— Pensez-vous que le vaisseau spatial sera toujours là ? demanda Maria.

Aussi sûrement que le craquement d'un bloc de glace qui se brise, sa question fit voler en éclats le silence qui régnait entre les occupants de la Jeep.

— J'ai essayé de l'imaginer là-bas, dans le complexe. Si nous parvenions tous à le visualiser, peut-être qu'il serait…

— Dis-moi, c'est quoi le parfum de la gelée qui a remplacé ton cerveau ? coupa Isabel, cassante.

Maria se mordit la lèvre inférieure.

Michael se raidit.

Il y avait quelque chose entre Isabel et Maria, depuis quelque temps. Il avait conscience d'être ce *quelque chose*. Elles lui avaient fait leur numéro de séduction alors que tout ce qui l'intéressait, lui, c'était Cameron. Même si les jeunes filles avaient fait machine arrière, le gouffre qui s'était creusé entre elles restait béant.

Il allait leur conseiller de se calmer, mais Liz fut plus rapide.

— Etait-ce bien nécessaire ? demanda-t-elle en se penchant entre les sièges.

Elle braqua un regard noir sur Isabel.

— C'est possible, répondit celle-ci.

Très raide, Isabel ne quittait pas la route des yeux.

— Je ne suis pas d'humeur à subir un discours New Age de Maria. Ça te va ?

— Non. Ça ne me va pas.

— On se calme ! coupa Max. Nous sommes tous terriblement inquiets. Mais s'en prendre les uns aux autres ne nous avancera à rien.

— Désolée d'essayer de rester *connectée* à la réalité, répliqua sa sœur. L'un de vous a-t-il réfléchi aux conséquences des actes d'Adam ? En détruisant le complexe, il a peut-être attiré l'attention d'une kyrielle d'indésirables. Qui sait si les forces de police ne sont pas déjà sur place… Ou pire, la presse.

— D'abord, dit Michael, Adam n'a pas anéanti le complexe du Projet Table Rase. DuPris avait pris le contrôle de son corps. Tu devrais le savoir mieux que quiconque, Izzy.

Oui, elle aurait dû être bien placée pour le savoir… elle qui s'était retrouvée à la merci de

DuPris, réduite à son tour à l'état de marionnette…

— Exact, fit Isabel. Mais ça ne change rien au fait que la police ou des équipes de télévision pourraient nous attendre au prochain tournant.

— L'explosion a eu lieu il y a des jours, intervint Liz. Si les médias avaient eu vent de quelque chose, ils auraient envahi Roswell depuis longtemps.

— Je sais que tu flippes, Iz, renchérit Maria, mais ça n'est pas une raison pour nous bouffer le nez.

Isabel inspira profondément.

— Désolée, dit-elle d'une voix posée. Je suis de mauvaise humeur. Ça n'avait rien de personnel.

— C'est déjà oublié, assura Maria.

Michael se détendit.

— Le vaisseau spatial ne devrait pas avoir souffert, dit-il. Vous souvenez-vous de la pièce en métal que j'ai dénichée dans le désert ? Le vaisseau est composé du même matériau et rien n'a jamais réussi à l'endommager. Même un chalumeau…

— Le vaisseau est en parfait état, coupa Adam. Je le sais.

— Valenti t'a-t-il forcé à faire des tests sur la nef ? demanda Max.

— Oui, répondit Adam. Je l'ai malmenée avec

mes pouvoirs. En pure perte… Pas la plus petite rayure.

Michael capta une note de détresse dans la voix d'Adam et sentit monter en lui une vague de colère. Il préférait ne plus penser à la manière dont le jeune homme avait été élevé.

Le shérif Valenti avait gardé Adam cloîtré dans le complexe souterrain de son organisation sans lui laisser soupçonner l'existence d'un monde extérieur. Valenti avait été jusqu'à faire croire à « son » extraterrestre qu'il était son père. Aux yeux de Michael, un cas d'école pour définir un *tordu*.

A côté de ça, l'enfance de Michael, « la boule de flipper vivante », baladé de maison d'accueil en maison d'accueil, ressemblait à un épisode idyllique.

Par-dessus son épaule, Maria jeta un coup d'œil à Adam.

— Donc le vaisseau spatial est intact, dit-elle. Il n'a pas pu être détruit quand DuPris a réduit le complexe en cendres. Reste à le déterrer… Puis nous partirons chercher Alex et le ramènerons sur Terre.

Michael regarda Max. L'expression de son meilleur ami lui apprit qu'il pensait comme lui : si seulement c'était si facile !

— Supposons… Il nous faudra encore découvrir comment le piloter, et…, commença Michael.

— … et savoir naviguer, coupa Max. Je peux capter des instructions générales par l'intermédiaire de la conscience collective, mais il y a un monde entre la théorie et la pratique ! Aucun d'entre nous n'a d'expérience du voyage spatial. Et si ça prenait des années ?

— Oui, mais ça reste *possible*, n'est-ce pas ? demanda Maria.

— Sinon, nous ne retournerions pas sur les lieux de l'explosion, rappela Isabel.

C'est possible, pensa Michael. *Mais pas très probable*.

Il se refusa à doucher les espoirs de Maria – ou du groupe – en exprimant ses doutes.

L'espérance était tout ce qui leur restait.

— Nous y sommes, annonça Isabel en ralentissant.

Elle se gara le long d'une bande de terrain brûlé au point de briller comme de l'onyx. Le sable et la pierre avaient fondu sous la décharge d'énergie lâchée par Adam – ou plutôt par DuPris –, formant du pseudo-verre.

Ils descendirent de la Jeep.

— Il est là-dessous, dit Adam.

Il désignait une section, au centre de ce qui avait été le complexe souterrain.

Max frappa du pied le sol vitrifié.

— Nous avons du pain sur la planche si nous voulons déterrer le vaisseau spatial.

— Nous n'avons pas apporté de pelle, dit Maria, les mains en visière pour se protéger du soleil.

— Nous n'en aurons pas besoin, répondit Isabel. *Nous* sommes là.

Maria rougit.

— Oh… C'est vrai. Le bulldozer-pas-vraiment-humain…

— Je suis encore affaibli, admit Max. J'ignore si je pourrais…

— Connectons-nous tous les quatre, proposa Michael. Nous irons plus vite.

Liz se tourna vers Maria.

— Viens. Allons monter la garde.

— Oui, m'dame, bien, m'dame, répondit Maria avec un petit salut. J'ai toujours eu envie de faire ça, ajouta-t-elle avec un large sourire.

Michael ne put s'empêcher de sourire à son tour. Dans une situation aussi tendue, Maria parvenait à alléger l'atmosphère et à lui remonter le moral.

Isabel, Adam, Max et Michael se prirent par la main, faisant cercle. La connexion s'établit instantanément. Ils ne formaient plus qu'un.

Michael sentit les auras de ses amis le submerger, se mêlant au rouge foncé de la sienne. Le violet d'Isabel se mêla au vert émeraude de Max, puis le jaune d'Adam vint compléter l'arc-en-ciel.

Leurs senteurs respectives – l'eucalyptus de Michael, le cèdre de Max, la cannelle d'Isabel et les feuilles vertes et tendres d'Adam – se mêlèrent pour créer une odeur de bois brûlé.

Ils concentrèrent leur énergie sur les molécules de terre.

Michael sentit le pouvoir jaillir de leur connexion, tandis qu'ils commençaient à dissocier les atomes du sol vitrifié. Ça n'était pas facile. L'énergie libérée par l'attaque d'Adam avait transformé la terre en un couvercle très résistant.

Adam projeta une image au cœur de leur connexion : le groupe tranchant entre les molécules au lieu d'essayer de les couper comme une miche de pain…

Il fallut un instant pour entamer la couche superficielle et soulever une grosse « pelure », comme s'il s'agissait d'une orange.

Dessous, le sol et les débris friables furent plus aisés à déblayer. Les quatre extraterrestres les firent remonter, formant une sorte de fourmilière géante.

Max projeta des images de sa chambre à coucher, accompagnées d'un sentiment de lassitude. Il ne pourrait plus tenir à ce rythme très longtemps.

Michael lui insuffla un peu d'énergie.

Peu à peu, le cône de terre grandit autour du cratère de plus en plus profond. Des morceaux de bois et des fragments de ciment volaient dans les airs avec les gravats accumulés dans le hangar.

Sans interrompre la connexion, les quatre amis avancèrent au bord du trou. Tous virent la coque brillante du vaisseau spatial.

Continuons ! dit Michael en esprit. *Nous y sommes presque*.

Il fit de son mieux pour rester calme car il avait besoin de toute sa concentration.

— Une voiture ! cria soudain Liz.

— Quelqu'un vient ! lui fit écho Maria.

Michael lâcha les mains d'Isabel et d'Adam, et se retourna.

Au loin, un tourbillon de poussière annonçait de la visite.

— Tout le monde dans la Jeep ! cria Isabel. Vite !

Elle gravit la montagne de débris. Adam, Max et Michael lui emboîtèrent le pas. Puis Michael se retourna, le temps de donner une « poussée » mentale et de provoquer un glissement de terrain.

Il ignorait si ça recouvrirait le vaisseau spatial, mais il n'avait pas le temps de s'en assurer.

Michael courut vers ses amis. Il voulut se mettre au volant, mais Isabel le devança.

— Je conduis, dit-il.

— Pas question !

— Très bien, concéda-t-il. Tu iras sans doute plus vite que moi.

Il monta à l'arrière, à côté d'Adam.

Maria cria quand la Jeep bondit, les pneus crissant sur la surface vitrifiée. Isabel prit un virage serré. Michael dut se contorsionner sur son siège pour jeter un coup d'œil au véhicule qui approchait.

Le soleil cognait si fort qu'il eut du mal à y voir clair. Mais une chose était certaine : le ou les arrivants les avaient repérés. Et ils accéléraient…

— Ils nous prennent en chasse, dit Liz. Plus vite, Isabel !

— J'essaie !

— Crevez-lui les pneus ! proposa Maria. Adam, ne pouvez-vous pas lui crever un pneu ?

— Nous allons trop vite pour que je puisse viser juste.

Et ralentir était hors de question.

L'autre voiture gagnait du terrain. Michael se fichait de l'identité de ses occupants. Ils pouvaient appartenir à l'armée, à la police, être des agents du Projet Table Rase ou des journalistes… Personne ne devait découvrir la vérité au sujet des survivants du crash.

— Trouvons une cachette ! lança-t-il.

Des cactus et des buissons, partout où son regard se posait… Rien d'autre. Même s'ils mettaient les suspensions de la Jeep à rude épreuve, elle les aplatissait joyeusement. Michael ne voyait nulle part quelque chose d'assez grand pour les dissimuler.

— Où ça ? demanda Isabel. Tu vois bien qu'il n'y a rien à des kilomètres à la ronde !

— Il doit y avoir un ravin, intervint Max. Un endroit où nous pourrions nous cacher le temps qu'ils s'éloignent.

— Ils nous voient de loin, répliqua Liz. Comment espérer les semer si nous ne pouvons pas prendre assez d'avance ?

— J'ai une idée ! s'écria Liz. Utilisez vos pouvoirs pour créer une tempête de sable. Ça nous donnera l'avantage et ça ne leur semblera pas bizarre. Ça arrive souvent, dans le désert.

Max souffla un petit baiser à Liz.

— Je savais bien que nous ne t'avions pas amenée pour rien... Croyez-vous que nous en soyons capables ?

Michael haussa les épaules.

— Nous avons creusé un énorme cratère. Alors, pourquoi pas ?

— Très bien, dit Max. Connectons-nous. Sauf toi, Iz. Tu es au volant et tu dois continuer de chercher une cachette.

— D'accord, répondit sa sœur.

Michael prit les mains de Maria et d'Adam. Les autres firent de même.

Liz et Maria ne pouvaient pas focaliser seules

leurs énergies, mais leurs essences, l'une ambre et l'autre saphir, renforçaient la connexion de groupe. Ensemble, ils firent voler le sable rougeâtre dans les airs, formant un écran entre leurs poursuivants et eux.

Ça marche ! lança Liz au cœur de la connexion. *Je n'arrive pas à le croire !*

Continuons ! pressa Max. *Il faut que l'écran devienne plus épais !*

Isabel découvrit un chemin, au creux d'un canyon, au sol couvert de sable. Facile à soulever, il rejoignit très vite les autres débris qui tourbillonnaient dans la tempête.

A la sortie du canyon, Isabel prit un virage en épingle à cheveux, empruntant la pente douce d'un cours d'eau asséché. L'arroyo s'enroulait autour d'un gros rocher, puis se divisait en deux branches.

Isabel choisit celle de gauche. Après une centaine de mètres, elle arrêta la Jeep derrière un bosquet d'arbres nains. Grâce à cette couverture supplémentaire, leurs poursuivants ne les verraient plus...

— Il faut continuer, dit la jeune fille. Pour l'instant, nous les avons semés, mais je ne veux pas prendre de risque.

Elle se joignit à la connexion à travers Maria, ajoutant son énergie à celles de ses amis.

Michael continua de se concentrer sur les particules en mouvement. A la longue, c'était un processus éreintant. D'autant que de nombreuses questions venaient les troubler.

Qui étaient leurs poursuivants ? A l'évidence, ils n'étaient pas tombés par hasard sur le complexe en ruine… Sinon, ils ne se seraient pas empressés de leur donner la chasse.

Alors, qui étaient-ils ?

Et que voulaient-ils ?

Enfin, pour le moment, ils les avaient semés. Dans quelques minutes – un délai dicté par la prudence –, ils sortiraient de leur cachette et prendraient le chemin du retour.

Il est temps d'appeler la maison, pensa Max.

Il avait pris une douche, histoire de se débarrasser de la poussière accumulée dans la journée. Maintenant, il était allongé sur son lit.

Fatigué, il rêvait de s'endormir. Mais il lui restait une chose à faire avant de s'abandonner au sommeil. Se connecter à la conscience collective.

Ouvrir le vortex l'avait tellement épuisé qu'il avait failli en mourir. Ce soir, pour la première fois depuis cette mésaventure, il se sentait assez rétabli.

Il avait accueilli ce répit avec un certain soulagement. Les êtres de la conscience collective avaient pris la mauvaise habitude de faire intrusion dans sa vie aux moments les plus inopportuns. Et ces milliards de voix parlant toutes à la fois, chacune demandant une information précise, avaient quelque chose… d'oppressant.

Max ferma les yeux. Il prit une profonde inspiration et s'efforça de se détendre.

L'océan d'auras qui composaient la conscience collective espérait sa venue. Max s'y immergea.

Et remarqua aussitôt une aura familière.

Alex !

La conscience collective était perturbée par sa présence. A la confusion se mêlaient la colère, la peur et l'excitation.

Alex était vivant ! Arrivé sain et sauf sur leur monde d'origine…

Max n'avait jamais exprimé ses inquiétudes à voix haute, mais il s'était souvent demandé si un humain survivrait au voyage cosmique.

La terrible erreur qu'il avait commise – expédier Alex à la place de DuPris par le vortex – ne pesait plus aussi lourd sur ses épaules.

Alex est vivant !

Son soulagement fut de courte durée. Des images montèrent de la conscience collective. Toutes montraient Alex comme un étranger effrayant, exagérant ses traits jusqu'à la caricature.

Un portrait inspiré par la peur et la méfiance.

Alex est mon ami !

Max fit de son mieux pour calmer les angoisses des siens.

Il a été envoyé par erreur sur votre monde. Tout est ma faute.

Un intérêt mêlé de doutes et d'animosité lui répondit. Max comprit qu'il devait communiquer avec la conscience collective en se rappelant ce qu'il avait vu, entendu et senti ce jour-là. Il lui faudrait tout partager avec les siens.

Il commença par projeter une image de lui-même luttant pour ouvrir le vortex – un événement dont se souvenaient tous les êtres de la conscience collective. Ils lui renvoyèrent leurs propres impressions d'efforts pénibles et d'épuisement.

Max leur transmit la scène clé où ses amis prenaient l'apparence de DuPris afin de gagner un temps précieux. La conscience collective réagit violemment à l'évocation du traître. DuPris avait volé une des Pierres de Minuit et on le haïssait d'avoir osé s'approprier une des sources du pouvoir sacré.

Quand Max montra Alex disparaissant dans le vortex, la colère de la conscience collective éclata. Max pensa à se déconnecter avant d'en subir le contrecoup.

Mais il devait tenir bon.

Il se concentra pour détourner leur colère d'Alex. Trop de voix, au sein de la conscience collective, l'associaient à DuPris. Cela pouvait se révéler dangereux, voire mortel, pour son ami.

Max devait faire comprendre à ses congénères qui était vraiment Alex.

Il commença par une image capitale : Alex, assis devant la porte close de la chambre à coucher d'Isabel, montant la garde pendant que la jeune fille, abattue par l'assassinat de Nikolas, son petit ami, refusait de quitter son lit. Alex était resté là des heures, racontant tout ce qui lui passait par la tête – des histoires drôles, des anecdotes, des potins…

Tout ça pour qu'Isabel garde un lien avec le monde extérieur.

Il avait fait preuve d'une patience et d'une abnégation infinies. Son esprit ingénieux n'avait jamais été à court d'idées.

Un murmure courut dans la conscience collective. Les extraterrestres réagissaient à sa vision positive d'Alex.

Que pouvait-il leur transmettre d'autre ?

Son humour, pensa Max. *Par-dessus tout, Alex a de l'humour.*

Mais le réseau d'esprits serait-il en mesure de comprendre l'humour terrien ? Qu'importait, Max devait essayer – sinon, le portrait d'Alex serait incomplet.

Il le montra dans ses moments les plus drôles.

Alex se moquant de DuPris en imitant son accent contrefait du Sud.

Alex concoctant ses listes idiotes et les mettant à

disposition de tous sur Internet. Les vingt meilleurs snacks. Les plus épouvantables présidents américains par ordre croissant, de Taft à Kennedy. Les dix raisons qui faisaient d'un poisson rouge un animal familier nul. Les cinquante mots les plus drôles de la langue – avec *culotte* en numéro un.

Même lorsque Alex n'avait pas le moral – quand il désespérait d'attirer l'attention d'Isabel ou quand il devait faire face au « tu dois épouser la carrière militaire mon fils » de son père –, l'optimisme qui lui permettait de trouver un bon côté à toutes choses ne le trahissait jamais.

Max essaya de transmettre cela à la conscience collective à grand renfort d'images d'Alex faisant le clown et provoquant l'hilarité de ses amis. Les êtres absorbèrent ses souvenirs. Le jeune homme sentit de l'amusement chez certains.

Ils commençaient à comprendre !

Alex était son ami et un type bien. C'était aussi facile *et* difficile à exprimer que ça.

Quelques esprits mécontents grognèrent leur désapprobation, rappelant qu'Alex n'avait rien à faire dans leur monde.

Max était entièrement d'accord. Il voulait qu'Alex revienne sur Terre !

Il projeta l'image de la conscience collective ouvrant un autre vortex pour réexpédier Alex chez lui. Etait-ce envisageable ?

Non.

La réponse était claire : impossible !

Max capta un sentiment d'épuisement chez les membres les plus amicaux de la conscience collective. La vision de lunes brillantes, traversant lentement un ciel nocturne chargé de nuages vert acidulé, s'imposa à son esprit.

Le jeune homme ignorant à quelle vitesse les lunes tournaient autour de son monde d'origine, il fut incapable d'en déduire une durée, même approximative. Combien de temps faudrait-il à la conscience collective pour être remise et renvoyer Alex sur la Terre ? Son instinct lui souffla qu'il ne reverrait pas son ami de sitôt.

Max se sentit soudain très fatigué. Il n'avait pas assez récupéré pour rester en communication avec la conscience collective très longtemps.

Il envoya un dernier message à travers l'espace.

Dites à Alex que je l'aiderai. S'il vous plaît, dites-lui que je trouverai un moyen de le ramener chez lui.

Une fois déconnecté, Max resta allongé sans bouger. Son corps semblait peser des tonnes.

Pour l'instant, il devrait attendre et espérer que la conscience collective transmettrait son message à Alex.

Espérer qu'il trouverait comment ramener son ami sur Terre…

CHAPITRE II

Isabel ne parvenait pas à se détendre.

Aucun de ses trucs habituels – trier ses bijoux ou ses cosmétiques, déplier et replier ses vêtements, donner cent coups de brosse à ses longs cheveux blonds – ne marchait, ce soir-là. Elle avait rangé ses chaussures par marque, puis par couleur.

Rien n'y faisait.

Isabel inspecta sa chambre. Il ne restait plus la moindre zone de « désordre » sur laquelle passer ses nerfs.

Elle se laissa tomber sur son lit douillet en soupirant. Dès qu'elle fermait les yeux, elle repensait à Alex.

Alex, à qui elle essayait désespérément de ne plus songer.

Alex, qui l'avait aimée bien plus qu'elle ne l'avait mérité.

Il lui manquait.

Mais ce genre de banalité sonnait terriblement

faux. Un peu comme si le jeune homme était parti en vacances avec ses parents. Mais comment mieux exprimer ce qu'elle ressentait ?

Il lui manquait.

Isabel se tourna sur le côté et remonta ses genoux contre sa poitrine. Les choses n'avaient pas été au beau fixe entre eux. Bien au contraire. Et c'était entièrement sa faute. La culpabilité – la dernière en date de ses émotions de prédilection – la dévorait vive.

Elle se redressa et s'assit au bord du lit, un oreiller serré sur sa poitrine.

Tu t'es excusée de la manière dont tu l'as plaqué, se rappela-t-elle.

Mais des excuses vaseuses ne rattraperaient pas la façon dont elle s'y était prise. Peut-être n'existait-il pas de *bonne* solution pour rompre, mais pourquoi avait-elle été choisir la pire ?

Le regard blessé d'Alex, quand elle lui avait dit que tout était fini, lui revint en mémoire. Il l'avait aimée pendant une période difficile et semée d'embûches. Il avait toujours été là pour elle, même quand elle s'était ingéniée à le repousser.

Et comment l'avait-elle remercié ?

Isabel se couvrit les yeux.

Elle l'avait traité comme un chien.

Isabel n'en pouvait plus. Elle devait réagir coûte que coûte.

Elle bondit sur ses pieds. Un peu de gymnastique… ? Transpirer l'aiderait à la soulager de cette culpabilité et à chasser les toxines de son corps.

Elle pouvait aussi trier ses vernis à ongles, ou prendre de l'avance dans son travail scolaire…

Isabel jeta un coup d'œil à son bureau blanc.

Où elle pouvait rédiger une lettre à Alex.

Avant de penser qu'écrire à un garçon perdu dans une autre galaxie était une perte de temps, la jeune fille s'assit et sortit une feuille de papier crème. Prenant un stylo à bille vert, elle commença.

Cher Alex…

Et après ? Devait-elle écrire qu'elle attendait son retour avec impatience, à la manière d'une petite amie ?

Elle décida de s'en tenir à la vérité.

Sache que tu comptes énormément à mes yeux. Tu as été pour moi un véritable ami. Tu me manques et le temps qui passe n'y change rien. Ta manière d'agir comme si le monde entier n'avait été créé que pour moi me plaisait tant. Tu es le garçon le plus gentil qu'il m'ait été donné de rencontrer. Et je sais que nous sommes destinés à rester très importants l'un pour l'autre, quoi qu'il advienne.

J'espère que tu es sain et sauf. Crois-moi, je ferai tout ce qui est en mon pouvoir pour m'assu-

rer que tu nous reviendras en un seul morceau. Le plus vite possible.

Amitiés,
Isabel

Elle reposa son stylo et jeta un regard critique à son œuvre. Dieu, c'était digne d'un roman à l'eau de rose ! Ça ne lui ressemblait pas du tout. Pourtant, elle avait été honnête avec elle-même.

En la lisant, Alex comprendrait et lui pardonnerait sa conduite.

Mais il était perdu dans une autre galaxie… Bonjour les frais postaux !

Soudain, il lui vint une idée. Idiote, mais Alex l'aurait adorée.

Isabel ramassa sa lettre, la plia et la fourra dans sa poche.

Vingt minutes plus tard, au volant de la Jeep, elle roulait dans le désert. La nuit était fraîche ; la jeune fille resserra sur elle son sweater gris et rose.

A deux kilomètres environ du site, Isabel se gara sur le bas-côté de la route. Elle ouvrit la boîte à gants et en sortit la fusée qu'elle avait apportée. Son père aimait le 4 Juillet et il lui restait toujours des feux d'artifice, au fond du garage, dans une boîte en fer – cadenassée, mais ça n'arrêtait pas quelqu'un doté de ses pouvoirs.

Isabel attacha la lettre pliée à la fusée, assez

haut pour que le papier ne brûle pas quand elle l'allumerait. Puis elle descendit de la Jeep et s'en éloigna de quelques pas.

Elle enfonça le bâton de la fusée dans le sol, adossant le corps de l'engin à une pierre. Elle s'avisa alors qu'elle avait oublié les allumettes.

Aucun problème.

Elle se concentra sur la mèche et la « frotta ». La friction produisit une étincelle…

Alors qu'elle reculait, la fusée jaillit vers le ciel. Isabel suivit des yeux la traînée de fumée jusqu'à ce qu'elle ne voie plus que la voûte étoilée.

Allez, pensa-t-elle. *Vole vers Alex. Apporte-lui mon message.*

L'explosion fut ponctuée par une pluie d'étincelles colorées.

Un grand sourire s'épanouit sur les lèvres de la jeune fille. Quelle idiotie ! Mais bizarrement, elle se sentait mieux. Et c'était tout ce qui comptait.

Un vent frais se leva.

Isabel s'aperçut qu'elle n'était pas loin du complexe en ruine. Le cœur soudain serré, elle perdit le bénéfice de sa petite folie « à-la-Alex ».

Elle eut l'impression désagréable d'être observée.

Très bien. La balade nocturne est terminée !

Isabel tourna les talons et rejoignit la Jeep d'un pas vif, décidée à rentrer à toute vitesse. Mais dès qu'elle eut claqué la portière, elle réalisa qu'elle se comportait comme une enfant.

Personne ne l'observait. Il n'y avait pas âme qui vive à des kilomètres à la ronde. Elle était en sécurité.

Pour se prouver qu'elle n'avait rien d'une poule mouillée, elle allait se rendre sur le site du drame et s'assurer que le vaisseau spatial était toujours là. Le moins qu'elle puisse faire, maintenant qu'elle était là !

Pendant qu'elle traversait le désert qui, de nuit, semblait presque surnaturel, Isabel se contracta. Ses phalanges blanchirent quand elle serra plus fort le volant. Elle ne pouvait ignorer la peur qui la tenaillait. Tout au plus la défier…

Une petite voix lui conseilla de s'arrêter à distance des ruines et de continuer à pied. Si quelqu'un était chargé de monter la garde sur le site, il verrait les phares… et entendrait le moteur de la Jeep.

Mais elle n'avait pas l'intention d'obéir aveuglément à son instinct. Elle écrasa l'accélérateur et ne s'arrêta pas avant d'avoir atteint la zone de sol vitrifié. Puis elle descendit de la Jeep et sonda les alentours. D'un geste plein de défi, elle repoussa ses longs cheveux blonds dans son dos.

Tu vois ? Il n'y a personne, se dit-elle en escaladant la colline de débris que Max, Michael, Adam et elle avaient érigée.

— Valenti est mort, il ne peut plus rien contre toi, murmura-t-elle, ses pieds s'enfonçant dans le sable mou. DuPris n'est pas là non plus. Il n'y a pas l'ombre d'un flic. Ni d'un…

Elle venait d'atteindre le sommet du « volcan », regarda dans le cratère.

… Et poussa un petit cri.

— Ni l'ombre… d'un vaisseau spatial, dit-elle d'une voix éteinte.

Elle fouilla mentalement les gravats.

Creuser sans aide lui prit un temps fou. Mais elle alla assez loin pour constater qu'elle avait vu juste.

Le trou était vide.

Le vaisseau avait disparu.

— Le navire ne ressemble pas du tout à ça, fit Adam, s'arrêtant au milieu de la chaussée, sur Main Street.

Il désignait une grosse soucoupe volante en plastique, qui dépassait de la devanture d'une boutique de souvenirs touristiques, comme si elle s'était écrasée là.

Michael faillit percuter son ami. Il le poussa pour le faire avancer.

Une voiture les dépassa, lui frôlant les talons.

— Adam, tu ne peux pas t'arrêter au milieu d'une route comme ça, dit Michael. Sinon, nous serons morts avant d'avoir pris notre petit déjeuner.

Adam avança vers la vitrine, le nez en l'air, curieux d'étudier la pseudo-soucoupe volante.

— Dommage que ce ne soit pas la vraie, soupira Michael. Mais je doute que le voleur l'aurait « cachée » ainsi, à la vue de tous.

— Le *voleur* ? s'étonna Adam. J'imagine que les agents du Projet Table Rase l'ont récupérée et emportée ailleurs.

A l'évocation de l'organisation gouvernementale, Michael eut l'estomac noué.

— Le Projet Table Rase, c'est de l'histoire ancienne, tu te rappelles ? Le complexe a été réduit en cendres. A moins que… Attends une minute… As-tu entendu parler de complexes du même genre ? Dis-moi qu'il n'y en a pas d'autres !

Adam haussa les épaules.

— Pas que je sache.

Michael aurait voulu qu'il ait l'air plus sûr de lui. S'il y avait encore des agents du Projet Table Rase dans la nature et s'ils avaient récupéré le vaisseau…

— Comment allons-nous ramener Alex sur Terre ? demanda soudain Adam.

— Je l'ignore. Mais nous trouverons un moyen.

— Aurons-nous des toasts au petit déjeuner ? demanda tout aussi soudainement Adam.

— Non, pas aujourd'hui.

Michael ne put s'empêcher de sourire. La vie d'Adam était si simple. Normal, pour un jeune homme élevé dans un complexe souterrain sans se douter qu'il existait tout un monde, dehors.

— J'ai une surprise pour toi.

Michael conduisit son ami à la boutique de beignets, au coin de la rue.

Attends qu'il morde sa première bouchée de beignet arrosé de Tabasco... Après, tu ne l'entendras plus réclamer de toasts. Tous les matins, ce sera la même rengaine : des beignets, des beignets, et encore des beignets... Jusqu'au jour où il plantera les dents dans un enchilada tartiné de dentifrice.

Dès que Michael eut ouvert la porte de la petite boutique, une bouffée d'air tiède, charriant de la graisse et du sucre, lui chatouilla les narines. Il passa en revue le contenu des étagères, histoire de voir quelles sortes de beignets il restait... et repéra du coin de l'œil une aura couleur moutarde terriblement familière.

M. Cuddihy, son assistant social, était là. Il en était séparé par deux clients...

Misère !

Il n'était pas rentré chez sa famille d'accueil, les Pascal, depuis plus d'une semaine. Et il n'avait pas non plus remis les pieds à l'école.

Au début, il avait eu une excellente excuse – qu'il ne pourrait évidemment jamais donner à M. Cuddihy... Il était prisonnier du Projet Table Rase. Puis il avait sauvé ses amis et échappé aux machinations de DuPris. Enfin, il y avait eu l'affaire Alex.

Suivre le milliard de règles édictées par les Pascal *et* ramener son ami sur Terre serait impossible. Donc, il devait filer *pronto*.

Il attrapa Adam par une manche et l'entraîna vers la porte.

— Attends, Michael ! C'est quoi, un baggel ? demanda Adam. On peut le faire griller et le tartiner de beurre ?

M. Cuddihy se retourna et croisa le regard de son protégé.

Michael se pétrifia. Il était piégé ! Haussant les épaules, il fit un sourire penaud à son assistant social.

M. Cuddihy quitta sa place dans la file, s'approcha des deux jeunes gens et passa un bras autour des épaules de Michael.

— Regardez qui est là ! Michael Guerin, mon magicien préféré ! J'ai entendu dire que tu avais mis au point un génial numéro de disparition.

Ça, c'était ce que Cuddihy appelait de l'humour.

Ha ! ha !

— C'est ce qu'on vous a dit ? fit Michael. Je peux tout vous expliquer…

— Pas la peine, coupa l'assistant social. J'ignore ce que tu avais l'intention de faire ce matin, Guerin, mais tes plans ont changé. Toi et moi, nous avons rendez-vous dans mon bureau. Immédiatement.

— Je te retrouverai plus tard, dit Michael à Adam.

Il n'avait pas du tout envie que Cuddihy commence à s'intéresser au jeune homme !

— Beaucoup plus tard, ajouta Cuddihy.

Super, pensa Michael. *Si un de mes pouvoirs permettait de rendre une personne muette…*

Michael faisait face à M. Cuddihy, assis à son bureau.

La pièce était encombrée de dossiers et de paperasses. Une odeur de bonbons à la menthe y flottait depuis que l'assistant social avait arrêté de fumer. Mais Michael avait passé tant d'heures entre ces murs qu'il s'y sentait à l'aise. Enfin, assez pour laisser son esprit vagabonder pendant que Cuddihy le sermonnait.

Après quelques minutes, l'assistant social se calma. Michael redevint attentif à ce qu'il disait.

— … sans prendre la peine de me passer un coup de fil ! Une preuve de manque de respect et de considération, tu dois l'avouer. Quant aux Pascal, ils ont eu la bonté de t'accueillir sous leur toit. Et tu les remercies en ne les appelant pas pour les rassurer sur ton sort ! Si tu avais téléphoné, tout ça aurait été moins compliqué.

— Quand vous avez raison, vous avez raison, dit Michael.

— Eh bien, tu n'y couperas pas. Tu les appelleras pour t'excuser. Et je m'assurerai personnellement de ta bonne volonté. Je veux les entendre dire que tu t'es aplati comme une crêpe.

— Aucun problème, assura Michael.

L'assistant social observa sa brebis galeuse. Puis il soupira.

— Les Pascal et moi n'étions pas les seuls à ta recherche, tu sais.

La remarque retint l'attention de Michael, qui se redressa sur sa chaise pliante.

Il en eut la chair de poule.

— Qui… ?

Les agents du Projet Table Rase avaient-ils retrouvé sa trace ? DuPris avait-il pris contact avec son assistant social ?

— Oh, je doute que tu les connaisses, répondit M. Cuddihy. Ils avaient une nouvelle à t'annoncer… une bonne.

— Qui ?

— Un cabinet d'avocats représentant un certain Ray Iburg. Je suppose que tu le fréquentais, mais comment pourrais-je en être sûr ?

Ray ? pensa Michael.

Que pouvaient lui vouloir les avocats de Ray ? Il ignorait qu'Iburg était représenté par un cabinet !

— Mon ami Max travaillait pour lui, au Musée

de l'OVNI, expliqua Michael. Nous passions beaucoup de temps là-bas. Il nous avait même donné un double des clés.

— Ça n'est pas tout ce qu'il t'a donné… Ses avocats sont venus me communiquer une clause très intéressante incluse dans le testament de leur client… Je précise qu'il l'a ajoutée récemment.

— Ah oui ?

— Oui ! Selon ce codicille, si Ray Iburg ne contactait pas ses avocats au moins une fois par mois, ils devaient prendre des mesures immédiates. Tous les biens de M. Iburg – autrement dit le Musée de l'OVNI, l'appartement attenant, une voiture, et le reste – devaient être légués à M. Michael Guerin.

Le jeune homme regarda fixement son interlocuteur. Il n'en croyait pas ses oreilles.

— Je t'avais dit que c'était une bonne nouvelle ! Tu devrais toujours rester en contact avec moi.

— Il doit y avoir un piège quelque part…

Ça n'était pas le genre de choses qui lui arrivait à lui, Michael Guerin.

— Non, assura M. Cuddihy. Ils ont trouvé que c'était une requête bizarre, mais parfaitement légale. Et puisque tu es en veine, ces temps-ci, j'ai décidé de te donner un coup de pouce supplémentaire. Inutile de continuer à torturer les Pascal en leur infligeant ta présence, tu en conviendras…

Michael cligna des yeux, surpris.

— Que voulez-vous dire ?

M. Cuddihy sourit.

— Je te donne le statut de mineur émancipé. Tu as presque dix-huit ans, de toute façon. Maintenant, tu as ton propre appartement. Grâce au Musée de l'OVNI, tu auras même une source de revenus. Donc, les services sociaux n'ont plus aucune raison de te prendre en charge. Je ne vois pas pourquoi tu ne pourrais pas vivre seul.

Michael se renfonça sur son siège.

— Vraiment ?

— Oui. Bien sûr, nous resterons en contact jusqu'à ton dix-huitième anniversaire. Mais un rendez-vous tous les quinze jours sera amplement suffisant.

Il fourra un bonbon à la menthe dans sa bouche.

— Michael, je sais que ta vie n'a pas été facile. Je dois dire que tu as admirablement géré ces déménagements, d'un foyer d'accueil à un autre. Oui, mieux qu'on n'était en droit de l'espérer… C'est donc avec plaisir que je te souhaite bonne chance. Alors, qu'en penses-tu ?

— C'est… incroyable !

Michael se leva pendant que l'assistant social faisait le tour de son bureau. Le jeune homme lui tendit la main.

— Trêve de formalités, déclara M. Cuddihy. Je suis heureux pour toi, mon garçon.

Avant que le jeune homme puisse reculer, l'assistant social le prit dans ses bras et le serra à l'en étouffer. D'instinct, Michael se raidit. Puis il baissa les yeux sur l'homme qui avait veillé sur lui toutes ces années et qui venait de lui donner sa liberté – *sa liberté !* Il réagit à son enthousiasme en lui tapotant gauchement le dos.

— Merci…

— Tu dois me promettre de venir à tous nos rendez-vous, conclut M. Cuddihy, redevenant professionnel. Tu garderas ta liberté à cette seule condition.

Michael avait un sourire idiot aux lèvres. Un rendez-vous tous les quinze jours ? L'unique condition pour ne plus connaître le cauchemar d'une famille d'accueil ? Etre libre de vivre comme il l'entendait ?

— Je viendrai. Vous pouvez compter sur moi.

CHAPITRE III

Liz descendit les marches de l'auditorium, cherchant des yeux la tête de Max dans les gradins. L'amphithéâtre était plein à craquer de lycéens venus assister à une mystérieuse assemblée programmée à l'heure du déjeuner.

La jeune fille finit par repérer son ami, à quelques pas de là. Elle se faufila dans le rang et s'assit à côté de lui.

— Salut, Max ! Sais-tu pourquoi nous sommes convoqués à cette assemblée extraordinaire ?

— Hein ?

Il se tourna vers elle. Ses magnifiques yeux étaient voilés.

— L'assemblée… Sais-tu pourquoi nous sommes ici ?

— Oh… Non. Désolé. J'étais… ailleurs.

— Alex ?

Il acquiesça.

— Le vaisseau spatial était notre seul espoir de

le ramener sur Terre. Un plan nébuleux... mais c'était mieux que rien.

Liz tendit une main et écarta la mèche de cheveux qui barrait les yeux cernés de son ami.

— Il faudra que nous en trouvions un autre.

— Oui... Pour ma part, j'avoue ne pas avoir la moindre idée.

Liz l'observa en silence. Ses traits étaient tirés par les épreuves et la fatigue. Il semblait mieux que la veille, mais à l'évidence, ce n'était pas la pêche... Bien sûr, pour elle, il serait toujours aussi beau. Même s'il perdait ses cheveux et que sa peau se couvre de pustules...

Oui, elle était amoureuse à ce point.

— Tu vas bien ?

Max se tourna vers le podium ; la directrice, Mlle Shaffer, arrivait.

— Je survivrai, répondit-il.

Sa voix semblait venir de très loin, comme si parler lui coûtait un terrible effort.

Adossée au siège en bois dur, Liz pensa que Max aurait dû se faire porter pâle au moins une journée. Il ne pouvait pas donner à ses parents la véritable raison de son état de santé, mais n'aurait-il pas pu prétendre avoir la grippe ? Il avait tellement besoin de se reposer !

Elle allait lui demander pourquoi il n'était pas resté chez lui quand Mlle Shaffer ordonna le silence. Les lycéens se turent et la lumière baissa.

Liz attendit que Max lui prenne la main, mais il continua de regarder droit devant lui, les bras sur les genoux. Etait-ce bien le garçon qui prétendait que la toucher était pour lui aussi essentiel que de respirer ?

Du calme ! Tu sais bien qu'il a la tête ailleurs.

Max se sentait responsable de chaque membre de leur groupe. Quoi d'étonnant à ce qu'il se reproche ce qui était arrivé à Alex ? Même s'il s'agissait d'un *accident*.

Accident ou pas, si quelqu'un était responsable de la disparition d'Alex, c'était DuPris. Certainement pas Max.

Alors que Mlle Shaffer parlait d'une personne qu'elle s'affirmait heureuse de leur présenter, Liz se rapprocha de Max. Quand leurs épaules se touchèrent, elle fit de son mieux pour émettre des ondes positives d'amour et de bonheur.

Maria aurait été fière d'elle !

L'assemblée terminée, je trouverai le moyen de distraire Max de ses sombres pensées !

Oui, elle lui donnerait un baiser propre à lui faire oublier ses soucis... Au moins pour un temps.

— Très bien, jeunes gens, dit Mlle Shaffer. Permettez-moi de vous présenter Kasey Dodson. Cette charmante jeune femme est le nouveau shérif de Roswell ! Enfin, elle assurera l'intérim jusqu'à la prochaine élection...

Liz se redressa sur son siège, tous les sens en alerte. Ses yeux croisèrent ceux de Max ; ils échangèrent un regard inquiet. Autour d'eux, les autres lycéens applaudissaient tièdement.

Elle n'aurait pas dû être surprise. Après tout, Valenti avait été tué peu avant la destruction du complexe secret du Projet Table Rase. Même si personne ne savait ce qui s'était passé – ni ce qui était réellement arrivé au shérif –, tout le monde avait pu constater sa disparition. La ville devait lui nommer un remplaçant.

Kasey Dodson monta sur l'estrade.

Mince et musclée, elle portait ses cheveux bruns coupés à hauteur d'épaules.

— Merci, mademoiselle Shaffer, dit Dodson avec un sourire.

Elle avait une voix chaude, un peu rauque, qui lui donnait l'air amical.

Mais Liz n'était pas prête à se laisser abuser par un détail aussi insignifiant. Mieux que quiconque, elle savait qu'il ne fallait jamais se fier aux apparences – après tout, elle sortait avec un extraterrestre à l'apparence humaine.

— Roswell n'a jamais eu un taux de criminalité élevé et je compte m'employer à garder les choses ainsi. Cette ville a toujours été sûre, même la nuit… et à moins d'une attaque extraterrestre, je ne vois pas pourquoi ça changerait.

Tous rirent de la boutade. Les habitants de

Roswell aimaient la réputation de leur ville tenue par le monde entier pour le centre mondial des incursions extraterrestres.

Mais Liz frissonna de la tête aux pieds.

Que veut-elle dire par là ? se demanda-t-elle.

Plaisantait-elle ou fallait-il prendre ses paroles comme un avertissement voilé ? Kasey Dodson était-elle, comme son prédécesseur, un agent du Projet Table Rase ?

Liz jeta un coup d'œil à Max, qui secoua la tête.

Le jeune homme devait être aussi inquiet qu'elle… sinon plus.

Liz et ses amis surveilleraient de près le nouveau shérif… Valenti avait failli découvrir le secret de Max, d'Isabel et de Michael.

En fait, il *l'avait* découvert. Mais il avait été tué avant de le révéler à ses collègues.

Michael pensait que le Projet Table Rase avait cessé d'exister avec le complexe souterrain. Liz n'en était pas si sûre. Il était fort possible que des ramifications de l'organisation existent hors de Roswell. Alors, il était raisonnable de supposer que le Projet Table Rase placerait un autre agent en un endroit à la réputation aussi établie que la petite ville du Nouveau-Mexique…

Juste ce qu'il nous fallait… Un nouveau sujet d'inquiétude…

Quatre mois plus tôt, ses principales préoccupations consistaient à arriver à l'heure, à être major de sa promo, et à veiller à ne jamais laisser croire à ses parents qu'elle prenait le même chemin que sa sœur Rosa, morte d'une overdose. Elle avait vécu dans un état de stress permanent. Mais se demander si une organisation gouvernementale secrète – ou un extraterrestre diabolique – n'allait pas apparaître pour vous tuer, vos amis et vous, était bien pire ! Ou encore se dire qu'un de vos meilleurs amis pourrait ne jamais revenir de la planète lointaine où il avait été envoyé par erreur.

Dément !

Si elle avait pu faire en sorte que tout redevienne normal… Elle aurait passé son temps avec Maria et Alex, flirtant avec Max, et étudiant sans autre souci que de trouver la robe idéale pour le bal de la promo.

Arrête ! Tu dois faire face à la réalité ! Aussi tordue qu'elle puisse être…

— … si vous avez besoin de me parler, ou si vous avez quelque chose à me signaler, n'hésitez pas à venir au poste, conclut le shérif Dodson. Je suis impatiente de tous vous connaître.

Les lycéens applaudirent. Liz sentit un frisson glacé courir le long de sa colonne vertébrale.

Je suis impatiente de tous vous connaître.

Elle devait s'assurer que cela n'arrive jamais.

Max était en état de choc.

Tant de problèmes l'assaillaient, alors qu'il sortait de l'auditorium avec Liz, qu'il avait du mal à les répertorier.

Il devait ramener Alex sur la Terre.

Il devait retrouver le vaisseau spatial.

Il devait mettre la main sur DuPris et se débarrasser définitivement de lui.

Il devait trouver la meilleure façon de rester connecté à la conscience collective de son peuple sans prendre le risque d'avoir les neurones grillés.

Il devait garder son identité secrète.

Et il devait éviter le nouveau shérif.

Max suivit Liz dans la cohue pendant que la foule se dispersait dans les couloirs. Comment faire face à tant de stress alors qu'il n'avait jamais été aussi épuisé de sa vie ? Il était si perturbé qu'il avait l'impression d'évoluer sous l'eau… Et s'il voulait survivre, il avait intérêt à rester sur ses gardes coûte que coûte !

— Max, tu es là ? demanda Liz.

Il leva les yeux et constata qu'il avait suivi la jeune fille à l'étage. Ils étaient arrivés devant la salle du matériel de science, en face du labo de biologie.

— Ne devrions-nous pas être à la cafétéria ? demanda-t-il.

Liz ouvrit la porte et entra.

— Suis-moi, dit-elle avec un sourire malicieux.

Max hésita.

— Je ne crois pas que nous soyons autorisés à…

Liz l'attrapa par un bras et le tira dans la petite pièce, refermant la porte.

Max s'adossa au mur, à côté d'étagères où s'alignaient des becs Bunsen et des microscopes.

— Que penses-tu de Kasey Dodson ? demanda-t-il. Tu crois que j'ai un nouveau chasseur psychopathe sur les talons ?

— En plus de moi ? plaisanta Liz. (Elle se pressa contre son compagnon.) Toi, je ne sais pas, mais moi, l'odeur de formaldéhyde… ça me rend dingue.

Max la regarda, l'esprit visiblement embrumé.

— Dingue ?

Liz lui posa les mains sur les épaules et l'embrassa. Aussitôt, le brouillard se dissipa.

— Oh…, souffla-t-il quand elle s'écarta. Dingue…

Il sourit en passant les doigts dans les cheveux doux comme de la soie de la jeune fille.

Max attira Liz contre lui. Comment avait-il permis à ses inquiétudes d'empêcher la prise de sa « dose Liz » minimum quotidienne ? Il était tellement stressé qu'il n'avait même pas pensé à l'embrasser ! C'était mal. Très mal.

Ses lèvres trouvèrent celles de la jeune fille et il s'ouvrit à la passion de leur étreinte. Liz était douce et délicieusement vivante. Max sentit les battements de son cœur s'accélérer quand des ondes de plaisir se diffusèrent dans tout son corps. Comme toujours, embrasser Liz le mettait sens dessus dessous…

La sensation la plus exquise qu'il puisse imaginer.

Mais une impression étrange s'épanouit au creux de sa nuque et remonta jusqu'à son crâne. Soudain, son esprit sembla s'ouvrir, comme exposé à l'univers tout entier. Et les myriades d'êtres composant la conscience collective participèrent au baiser.

Un mélange de confusion, de curiosité, de plaisir et d'amusement… Max reçut ce flot d'émotions sous la forme d'images.

Ils voulaient savoir ce qu'il faisait. Ils venaient partager cette expérience avec lui.

Surpris, Max s'écarta vivement de Liz. Il n'avait pourtant pas tenté de se connecter à la conscience collective !

Liz battit des paupières, confuse.

— Que se passe-t-il ?

Elle était blessée, cela s'entendait au ton de sa voix.

— Un problème ? T'ai-je mordu sans le vouloir ?

— Non, assura Max. C'est juste que je… Un instant, j'ai été pris de vertiges. C'est tout.

Je me suis senti violé ! ajouta-t-il mentalement.

— Tu te sens bien ?

— Oui, ça va…

Il ne pouvait pas lui raconter ce qui s'était passé. Liz se méfiait de la conscience collective, surtout depuis qu'elle avait vu les effets qu'elle provoquait sur lui. S'il lui parlait de cette intrusion, elle risquait de flipper.

— Ce n'était rien. Peut-être les vapeurs de formaldéhyde me sont-elles montées à la tête. A moins que ce ne soit toi…

Cette fois, alors qu'il se penchait pour l'embrasser, Max dut bloquer la conscience collective pour protéger son intimité. Il réussit à garder les esprits à bonne distance, mais au prix d'un effort – alors qu'il aurait aimé se consacrer entièrement à sa petite amie.

Mais il ne réussit pas à chasser l'impression dérangeante qu'il n'était plus vraiment seul avec elle.

— Les autres seront bientôt là, Michael ? demanda Adam.

— Oui.

Michael ramassa un modèle réduit de fusée en plastique et le posa sur une étagère.

— Nous devons parler de ce que nous allons faire, maintenant que le vaisseau a été volé. Peut-être en profiterons-nous pour remettre le musée en état.

Adam ne se souvenait pas d'avoir tout cassé dans le musée. Pourtant, c'était lui qui avait fait tous ces dégâts… quand il était tombé sous la coupe de DuPris.

— Liz viendra aussi ? demanda-t-il, essayant de garder un ton neutre.

Il ramassa une autre fusée en plastique et la posa près de la première.

— Oui. Maria, Isabel, Max et elle arriveront d'une minute à l'autre, assura Michael.

Adam sourit. Comme toujours, chaque fois qu'on mentionnait Liz – même s'il ne s'agissait pas de *sa* Liz. Enfin, de Liz Ortecho. Peu importait de quelle Liz on parlait. Parfois, voir la lettre *l* le plongeait dans la béatitude.

— Et si nous mettions un peu de musique ? proposa Michael.

Dans un coin de la pièce, la machine en forme de boîte aux lettres contenait des disques argentés ; une multitude d'ampoules multicolores clignotaient autour.

— C'est quoi, cette machine ? demanda Adam.

— Un juke-box. As-tu entendu Elvis ? Ray était un vrai fan.

— Elvis ? Qu'est-ce que c'est ?

Il détestait poser ce genre de question, qui lui donnait l'impression d'être un enfant. Mais n'était-ce pas ce que *papa* Valenti avait souhaité ? Un petit garçon dépendant de son père, qui lui distillait les informations au compte-gouttes... L'ancien shérif ne lui avait rien donné à lire, hormis des ouvrages illustrés.

Depuis qu'il s'était échappé du complexe, Adam avait passé des heures sur l'ordinateur portable de Max, dévorant toutes les informations qu'il avait pu trouver. Mais il lui restait des lacunes dans de nombreux domaines.

Michael éclata de rire.

— Pas *quoi*, mais *qui*. Elvis était le roi du rock'n'roll. Bon sang ! On t'a même privé des classiques.

Il appuya sur plusieurs boutons.

— Ecoute... et tiens-toi prêt à entrer dans le vingtième siècle !

Après quelques secondes, un rythme étrange et syncopé retentit, suivi par un cri aigu.

Adam ne quitta pas le juke-box des yeux.

Cette musique ne ressemblait pas à celles qu'il avait eu l'occasion d'entendre. Elle vibrait au creux de sa poitrine. Il hocha la tête en rythme.

— Oui, c'est ça ! dit Michael. C'est Elvis. Tu commences à comprendre.

Une voix mâle, grave et profonde, chanta quelque chose au sujet d'un chien de chasse.

Adam trouva cela d'une irrésistible drôlerie et éclata d'un rire joyeux.

— Tu aimes ? demanda Michael.

Adam s'assit sur un des tabourets qui flanquaient le bar.

— J'adore !

La preuve, il ne pouvait s'empêcher de se dandiner en rythme.

— Moi aussi, renchérit Michael. Mais il faudra que nous achetions quelques CD de types encore de ce monde, pour faire bonne mesure. Et j'aimerais bien autre chose, pour poser mes fesses, que des chaises éventrées. Nous ferons les brocantes du coin pour nous procurer un canapé… A moins que nous ne dénichions deux fauteuils, comme les gars de *Friends*.

Adam cessa de s'agiter sur son tabouret. Michael parlait du musée et de l'appartement comme s'ils n'étaient pas à lui, mais à eux deux.

— C'est à toi que Ray a tout laissé, Michael.

— S'il avait eu la chance de te connaître, il nous aurait couchés tous les deux sur son testament. Nous venons de la même *planète*, tu sais. C'est comme si nous étions de la même famille.

Une famille.

Adam en avait vu sur les livres d'images que lui apportait Valenti. Mais il n'avait jamais pensé… Il avait toujours su que ça n'était pas pour lui.

— Merci !

Comment exprimer ce qu'il ressentait ?

— Tu sais, t'avoir avec moi a ses avantages, dit Michael.

Son ton était léger, mais Adam vit l'émotion briller au fond de ses yeux.

— Ah oui ? Lesquels ?

— Eh bien, d'abord, tu vas m'aider à tout remettre en ordre.

Michael lui tendit un balai.

Adam s'occupa du verre des vitrines d'exposition brisées. Bizarre, il n'aurait jamais cru que faire le ménage pouvait être si drôle.

La porte s'ouvrit. Maria entra, Max et Isabel sur les talons.

— L'équipe de nettoyage est arrivée ! annonça-t-elle. (Elle jeta un coup d'œil autour d'elle.) Apparemment, nous sommes en retard. Les gars, vous n'avez pas chômé.

— C'est grâce à Adam, annonça Michael. On dirait qu'il aime faire le ménage.

— C'est la vérité !

— Je te crois, répondit Michael en riant.

Adam leva les yeux au moment où Liz entrait. Il en eut le souffle coupé.

Elle portait un T-shirt rouge qui mettait si bien sa peau mate en valeur !

Adam s'empourpra et se détourna pour cacher son trouble. Pas question que Liz ou Max connaisse son occupation favorite : regarder Liz et sourire.

— Je dois avouer que je partage l'opinion

d'Adam, dit Isabel. Vous savez tous ce que m'inspire le désordre…

— Toi ? Quel scoop ! s'exclama Maria. Miss Maniaque USA…

Isabel leva les yeux au ciel, mais ne put s'empêcher de sourire. Elle retroussa les manches de son sweat bleu.

— Par où dois-je commencer ?

— Si vous voulez, je peux me charger de l'autopsie de l'extraterrestre, proposa Liz. Mais d'abord, vous devez me dire la vérité. Ces trucs, dans les bocaux, ne sont pas de vrais extraterrestres ?

— A mon avis, ce sont des embryons de poulets, répondit Max. En tout cas, ça en a l'air. Et je pense que le « poumon d'extraterrestre » violet est un sac en plastique flottant dans de la gelée colorée.

— Ray était vraiment dingue, dit Isabel sur un ton plein d'affection.

Elle entreprit de remettre en ordre l'exposition sur les roches lunaires.

— Quelqu'un veut se joindre à moi ? demanda Liz.

Adam allait se porter volontaire, mais Max fut plus rapide.

— Oui, moi.

Il posa une main au creux des reins de la jeune fille.

Adam aurait donné cher pour être à sa place.

— Les bêtes de science qui se jettent sur l'exposition de biologie, commenta Maria. Quelle surprise !

Adam serra plus fort le manche de son balai.

Il n'avait peut-être pas tout compris au fonctionnement du monde, mais une chose était claire, car Liz la lui avait fait comprendre : Max était le seul autorisé à la toucher.

Il devait garder cela à l'esprit… Peu importait que la jeune fille soit merveilleusement belle et que la regarder suffise à le faire fondre.

CHAPITRE IV

Adam recula pendant que Maria accrochait au mur la dernière photographie floue d'une soucoupe volante. La jeune fille se déhanchait en rythme avec la musique du juke-box.

— Ça me paraît droit, dit-il.

Il plissait le front, histoire de ne pas éclater de rire devant les étranges mouvements de Maria.

— Parfait ! s'écria-t-elle en se frottant les mains. (Elle se tourna vers ses amis.) Assez fait le ménage. Il est temps de nous demander comment ramener Alex.

Adam regarda ses compagnons. Soudain, ils perdirent toute expression… comme lui.

— Nous pourrions retrouver le vaisseau spatial, proposa Isabel.

— Et comment, petit génie ? demanda Michael. Nous n'avons pas la moindre idée de l'identité des voleurs… Nous ignorons comment ils s'y sont pris pour déplacer quelque chose d'aussi gros.

— Il a raison, renchérit Max. Retrouver le vaisseau nous demanderait trop de temps. Beaucoup trop. Ça ne veut pas dire que nous ne devons pas essayer, mais d'abord, il faut voler à la rescousse d'Alex. Le plus tôt sera le mieux.

— Alors, quel est le plan B ? s'enquit Liz.

— C'est le problème, dit Max. Pour l'instant, nous sommes cruellement à court de plan B...

— Comme c'est réconfortant, marmonna Isabel.

— Nous ne pouvons pas compter sur la conscience collective, continua son frère. J'ai eu l'impression que se remettre lui prendra des mois. Attendre si longtemps est hors de question.

— Tu t'es connecté à la conscience collective ? demanda Liz. Quand ?

Max baissa les yeux.

— La nuit dernière...

Isabel sauta de son tabouret et lui saisit le poignet.

— Pourquoi ne nous as-tu rien dit ? Comment va Alex ? T'ont-ils dit quelque chose à son sujet ?

— Il va... bien, répondit Max. Alex va bien. Mais ça n'est pas une raison pour le laisser moisir là-bas plus que nécessaire.

— C'est évident ! dit Isabel en se croisant les bras. Mais au moins, nous voilà rassurés.

— Oui... Donc..., continua Max.

Adam eut le sentiment qu'il leur cachait quelque chose. Dans son aura, des étincelles jaune-vert huileuses avaient jailli au cœur du vert émeraude.

— Une minute ! cria Maria. Si nous nous connections, serions-nous capables d'ouvrir seuls un vortex ?

— J'en doute, répondit Michael. Ouvrir un vortex demande une somme d'énergie considérable… Pas vrai, Max ?

Les yeux rivés sur le sol, celui-ci soupira.

— Exact, confirma-t-il, se passant une main dans les cheveux. Avec toute la puissance de la conscience collective, ça a quand même été une épreuve terrible.

— Et si nous avions la Pierre de Minuit ? avança Liz. N'est-elle pas, justement… une immense source de pouvoir ?

Elle est extraordinaire ! jubila Adam.

Il était sans ressources face au tumulte que Liz provoquait en lui. A ses côtés, il avait la bouche sèche et les mains moites. Il ne cessait de perdre le fil de la conversation, toute son attention tournée vers elle… Il y avait quelque chose, dans son aura, qui le stimulait *et* le faisait se sentir gauche, au point que ses genoux s'entrechoquaient.

— Je doute qu'utiliser la Pierre de Minuit soit une excellente idée, dit Maria. Je continue de faire des cauchemars pleins de chasseurs de primes.

Les mots *chasseurs de primes* ramenèrent Adam au présent.

— Ils ont été aspirés par le vortex avec Alex, rappela-t-il.

Comme s'ils avaient pu oublier le spectacle des deux créatures y disparaissant, leurs bouches ouvertes sur des cris inaudibles.

— Tu as raison, dit Michael. Mais nous ignorons combien de chasseurs de primes DuPris a lancés sur le signal émis par la Pierre de Minuit. Il pourrait y en avoir un bataillon dans cette galaxie et dans l'autre.

Liz frissonna. Max se rapprocha d'elle et lui passa un bras autour des épaules.

Ne la touche pas !

Cette pensée explosa dans l'esprit d'Adam, qui dut se rappeler pour la millionième fois qu'il aimait bien Max et que Liz était sa petite amie, pas la sienne.

— Il s'agit d'Alex, insista Isabel. Même s'il y a un risque, nous devons utiliser la Pierre de Minuit.

— Tu as raison, approuva Michael.

Il s'appuya au comptoir.

Max s'éclaircit la gorge.

— Je déteste être la voix de la raison, mais…

— C'est faux ! coupa Isabel. Tu ne vis que pour ça.

Ils éclatèrent de rire ; Adam nota le son musical du rire de Liz. Il voulait l'entendre aussi souvent que possible. Et être celui qui la faisait rire.

Décidément, quelque chose ne tournait pas rond, chez lui.

— Qu'étais-tu sur le point de dire, Max ? demanda Liz.

— Avant d'être interrompu de manière si grossière ? fit Max avec un petit sourire narquois pour sa sœur. Effectivement, nous pourrions utiliser la Pierre de Minuit. Mais nous ne l'avons pas. Elle est entre les mains de DuPris. Et nous ignorons où il se cache…

Adam frissonna.

Max avait raison. DuPris pouvait s'être téléporté n'importe où. Même à l'autre bout de la planète – une idée abstraite pour Adam, qui avait fait ses premiers pas dans le grand monde quelques semaines plus tôt. Mais il comprenait assez bien le concept de distance pour savoir que DuPris pouvait être très loin. Hors de leur portée.

Ou juste à côté de nous, se dit le jeune homme, soudain gagné par une sensation de froid.

Armé de sa haine, DuPris pouvait être près du Musée de l'OVNI, ici même, à Roswell… sous le visage d'un autre.

Michael pourrait avoir la décence de ne pas être beau et sexy tout le temps ! fulmina Maria. *Il serait plus facile pour moi de le côtoyer.*

Elle l'observait du coin de l'œil alors qu'il conduisait la voiture héritée de Ray sur la route droite et monotone, 285 nord, menant à Albuquerque.

Michael avait décidé d'aller au vieux ranch – celui où ils avaient été réduits à l'impuissance par DuPris – pour s'assurer que le renégat ne s'y terrait pas. Débusquer DuPris, c'était du même coup retrouver la Pierre de Minuit.

Maria regarda défiler le paysage. Une corniche brun-rouge, avant-goût du désert visible, attira son attention.

On dirait un mur…

Comme celui qui se dressait désormais entre Michael et elle.

C'était pour ça qu'elle avait proposé de l'accompagner. S'il existait un moyen d'arranger les choses entre eux, elle profiterait du voyage.

Ils roulaient en silence.

D'habitude, Maria aurait parlé de tout et de rien, histoire de combler le gouffre qui les séparait. Mais Michael et elle avaient toujours conversé si librement avant que…

Avant qu'elle ne lui avoue qu'elle était amoureuse de lui.

Une idée géniale ! Tu lui avoues tes sentiments, et te voilà condamnée à rester silencieuse jusqu'à la fin des temps !

Maria jeta un autre coup d'œil à son compagnon. Il gardait la tête droite, le pli de sa bouche trahissant sa concentration.

Mais sur quoi se concentre-t-il ? Sur la conduite ? Sur DuPris ? Sur Cameron ? Sur la meilleure manière de me tenir éloignée de lui ?

Dis quelque chose ! s'ordonna Maria alors qu'ils arrivaient au carrefour des routes 285 et 60. *C'est toujours ton Michael. Parle-lui, bon sang !*

— Euh…, dit soudain Michael avec un petit sourire gêné. Alors…

— Oui ? l'encouragea la jeune fille.

Parle-moi ! Ne vois-tu pas que ton silence me tue ?

— Isabel semble désireuse de voir Alex revenir au plus vite sur Terre. Je suppose qu'il lui manque. Bizarre, je ne m'attendais pas à cette réaction…

— Pourquoi ? lança Maria, sur un ton plus acerbe qu'elle ne l'aurait souhaité. Moi, je ne suis pas surprise. Alex est un garçon merveilleux. Evidemment qu'il lui manque ! Comme à nous tous.

— Oui, mais il lui manque d'une tout autre manière… (Il ne termina pas sa phrase, changeant la position de ses mains sur le volant.) Oublie ça !

Isabel. Pourquoi avait-il fallu que Michael prononce son nom ? Isabel et lui avaient décidé de rester amis, rien de plus. Mais entendre son nom avait réveillé en elle des souvenirs pénibles et humiliants. Elle n'avait pas besoin de ça pour se rappeler le jour où elle avait demandé à Michael de choisir entre Isabel et elle.

Résultat, il avait choisi Cameron. Un des moments les plus humiliants – et dévastateurs – qu'ait connus la jeune fille.

Le moral au plus bas, Maria se tourna vers la vitre. Michael se gara devant le vieux ranch.

— Que faisons-nous ?

— Nous jetons un coup d'œil dans le coin, répondit Michael. Prête ?

— Oui.

Ils se dirigèrent vers la maison. Maria se surprit à traverser la cour sur la pointe des pieds, même s'il était impossible d'approcher de DuPris sans qu'il le sache.

Michael prit une profonde inspiration, puis tourna le bouton de la porte d'entrée. Le battant s'ouvrit ; les jeunes gens se pétrifièrent.

Rien.

— Il n'est pas ici, dit Michael en avançant.

Maria le suivit. Ça sentait le renfermé, comme si personne n'était revenu aérer les lieux depuis leur fuite.

— Je doute qu'il soit repassé ici après l'épisode du vortex, dit Maria.

— Désolé de t'avoir traînée jusqu'ici pour rien, répondit Michael. Nous avons perdu notre temps.

Maria fit quelques pas. Elle revoyait l'horrible scène qui s'était déroulée entre ces murs. Comment oublier le sentiment d'impuissance qui l'avait envahie pendant que DuPris jouait avec elle comme avec une marionnette ?

Elle s'arrêta à l'endroit exact où il l'avait paralysée.

Quel gentil petit lapin tu fais..., lui avait-il soufflé à l'oreille.

Ce souvenir la fit frissonner.

Je me demande quel genre de pensées trottent dans la tête d'un lapin...

DuPris s'était introduit au cœur de ses souvenirs pour en tirer une image d'elle-même... souhaitant ardemment que Michael l'embrasse. Amusé, le renégat avait forcé la jeune fille à avancer vers Michael et à le prendre dans ses bras. La pire violation de son intimité qu'elle ait subie !

Mais toucher Michael lui avait permis de se connecter à lui, brisant ainsi l'emprise de DuPris.

Aujourd'hui, elle se demandait comment ce simple contact avait pu les connecter si profondément, Michael et elle. Un mystère... Dire qu'elle ne parvenait plus à trouver un sujet de conversation avec lui... Alors, imaginer que leurs auras s'unissent sans effort tenait du délire !

Soudain, tout ça – le gouffre qui s'était creusé entre Michael et elle, la disparition d'Alex, exilé dans une autre galaxie, la fuite de DuPris – fut beaucoup plus qu'elle ne pouvait en supporter. Maria éclata en sanglots.

Le dernier endroit où elle aurait dû craquer.

Dans ce ranch.

Devant Michael.

— Chut, Maria... Je t'en prie, ne pleure pas, dit-il d'une voix qui trahissait son inquiétude.

Elle se tourna vers lui. Des larmes ruisselaient sur ses joues.

— Comment... allons-nous... ramener Alex ? gémit-elle. Tout se ligue contre nous ! Tout... va de travers !

— Maria, tu...

— Non ! Ne dis pas « Maria » sur ce ton-là ! Tu n'as pas la... la *décence* élémentaire... de ne pas paraître beau et sexy tout le temps !

— *Quoi ?*

Maria se détourna.

Ça n'a pas d'importance ! gémit-elle. *Rien n'a d'importance. Alex est parti. DuPris a la Pierre de Minuit. Et toi...*

Et toi, tu ne m'aimes pas.

Mais elle ne pouvait pas lui dire ça.

Elle tourna les talons, sortit en courant, se précipita vers la voiture, s'y engouffra et claqua la portière.

Tout ce qu'elle voulait, c'était rentrer chez elle.

Plus que tout, elle désirait être loin de Michael. Elle n'aurait jamais cru en arriver là...

Après un moment, il s'installa au volant sans mot dire. Puis il l'attira contre lui et la serra dans ses bras. L'aura du jeune homme l'enveloppa, lui apportant un immense réconfort.

— Je me sens si mal… au sujet de tout ce qui nous arrive, avoua-t-elle, le visage enfoui au creux de l'épaule de son compagnon.

— Je sais. Moi aussi.

— Qu'allons-nous faire ?

Michael poussa un gros soupir.

— Je l'ignore.

Il la tint serrée contre lui quelques minutes, la berçant jusqu'à ce que ses larmes se tarissent. Puis il l'écarta, la tenant à bout de bras.

— Devine ce que j'ai sur moi ?

— Comment voudrais-tu que je le sache ?

Michael sortit de la poche de son pantalon un sachet en tissu, fermé par un bouchon rouge. Il l'agita sous le nez de sa compagne.

— Tu te souviens de ça ?

Maria sourit. C'était le sachet aromatique qu'elle avait spécialement composé pour lui. Elle n'arrivait pas à croire qu'il l'ait gardé tout ce temps.

— Prends-le, dit Michael.

Maria obéit et le porta à son nez. Le parfum des pétales de rose, de l'eucalyptus et des aiguilles de pin lui emplit les narines. La jeune fille inhala profondément le mélange doucereux *et* âcre. La rose, l'eucalyptus et le pin comptaient parmi ses senteurs favorites.

— Tu vas mieux ? demanda Michael.

— Merci, souffla Maria.

— Merci à toi, dit Michael en lui passant un bras autour des épaules. L'un de nous est là pour se laisser atteindre par les épreuves que nous traversons. Et tu es toute désignée pour ça.

Soudain, Maria n'avait plus du tout envie d'être ailleurs.

Michael l'aimait !

Pas comme elle l'aurait voulu, mais il l'aimait quand même.

Isabel tressaillit en voyant de la douleur passer sur le visage d'Adam.

Adam, Max et elle s'étaient réunis dans l'appartement de Ray – celui de Michael, désormais.

Max avait établi une connexion avec Adam. Il essayait de découvrir s'il se rappelait l'époque où DuPris avait pris le contrôle de son corps.

La jeune fille ferma les yeux. Quand Max en aurait fini avec Adam, ce serait au tour d'Isabel.

Elle savait que c'était important, crucial même… Mais elle était aussi impatiente de tenter l'expérience que de se faire arracher une dent sans anesthésie.

Isabel rouvrit les yeux en entendant son frère soupirer.

Max et Adam se trouvaient assis côte à côte sur

le lit de Michael. Adam se massait les tempes du bout des doigts.

— Alors ? demanda-t-elle. Tu as trouvé quelque chose ?

— Que dalle ! maugréa Max. En tout cas, Adam a des pouvoirs dont je n'aurais jamais soupçonné l'existence.

Adam sourit.

— J'ai plus d'entraînement que vous.

— Izzy, c'est ton tour.

Adam lui céda sa place et se dirigea vers l'escalier.

— Je vais voir ce que fait Liz, annonça-t-il.

Isabel le remplaça près de Max, le cœur battant la chamade.

— Prête ? demanda son frère.

— Sûr, répondit-elle, essayant de garder un ton calme et détendu.

Ne savait-elle pas que Max était la dernière personne au monde qu'elle pouvait berner de cette manière ? Mais il ne fit aucun commentaire sur sa bravoure de façade. Il lui prit gentiment la main. Et ils furent instantanément connectés.

Isabel sentit l'énergie vert émeraude de Max se mêler à la sienne, d'un violet profond. Ils se tournèrent ensemble vers le centre des souvenirs de la jeune fille. Vers *leur* centre. Entre eux, la connexion représentait plus qu'un simple lien… Une communion d'âmes.

La première image qu'ils découvrirent leur était familière. Isabel faisait du shopping chez Victoria's Secret, au centre commercial. Elle cherchait des articles de lingerie susceptibles de mettre l'eau à la bouche à Michael.

Isabel se rappela avoir pris le bus pour le Musée de l'OVNI, où DuPris s'était servi d'elle pour nuire à Michael. Troublée, elle regarda ses souvenirs défiler sur l'écran de son… de *leur* esprit. DuPris l'avait obligée à trahir un de ses meilleurs amis. Y repenser la rendit furieuse.

Max projeta des images apaisantes jusqu'à ce qu'elle se calme. Puis il lui demanda si elle était prête à continuer l'expérience.

Elle l'était.

Allons-y.

Max s'enfonça dans leur mémoire jumelée, ramenant à la surface les souvenirs des jours qu'elle avait passés en compagnie de DuPris.

Isabel transformée en fillette, se cachant au vieux ranch avec l'extraterrestre renégat.

DuPris lui touchant le visage d'une manière qui lui donnait la nausée.

DuPris riant des efforts qu'elle faisait pour lutter contre son emprise.

Isabel utilisant ses pouvoirs pour expédier son frère contre un mur.

Il devait y avoir quelque chose, dans sa mémoire,

qui leur permette de retrouver la trace de ce maudit DuPris !

Max l'enjoignit à garder son calme. Ils n'apprendraient rien si elle était incapable de rester concentrée.

Alors, il toucha à une image noire et informe. Isabel se focalisa sur ce souvenir obscur, curieuse malgré la peur que lui inspirait son contenu. Il n'y avait pas d'image, seulement... un bruit de moteur de voiture... une odeur d'huile et de gaz d'échappement.

Max l'encouragea.

DuPris l'avait enfermée dans le coffre de sa voiture. Terrifiée, elle souffrait de claustrophobie. Puis DuPris ouvrit le coffre... Mais l'image restait floue, indistincte.

Le renégat la fit avancer dans l'obscurité. La jeune fille trébuchait sur des pierres. Elle devait se tenir à une corde, le long de la paroi, pour descendre dans la grotte.

La grotte ?

Oui ! pensa Isabel.

Ses yeux s'habituant à l'obscurité, elle avait distingué les stalagmites, les stalactites... et les acrobaties aériennes des chauves-souris.

Mais quelle grotte ? Il fallait qu'elle retrouve un détail géographique...

Soudain, tout devint noir. Elle avait perdu connaissance.

Max lâcha la main de sa sœur.

— Sais-tu où est cette grotte ? demanda-t-il.

— Je n'en ai pas la moindre idée. Nous devons découvrir son emplacement.

— Il y a un million de grottes comme celle-là dans les environs ! dit Max en se massant le front.

Isabel le regarda dans les yeux.

— Je sais que c'est une quête désespérée. Mais c'est notre seule chance de sauver Alex !

J'aurais dû la première penser à venir ici, se dit Liz en entrant par effraction dans les bureaux du *Projecteur Astral*.

C'était le « petit journal » publié par DuPris… Avant qu'il disparaisse, laissant planer sur eux la menace d'un éventuel retour.

Au Musée de l'OVNI, Adam avait trouvé un exemplaire du tabloïd aux pages couvertes de photographies bidons de rencontres extraterrestres. Apparemment, Ray s'était abonné au *Projecteur Astral* – sans doute histoire de se payer une bonne tranche de rire mensuelle.

Dès que Liz avait expliqué à Adam la nature du *Projecteur Astral*, le jeune homme avait été convaincu : les locaux du journal étaient l'endroit idéal pour en apprendre davantage sur DuPris. Il avait insisté pour partir les fouiller immédiatement, sans attendre que Max et Isabel aient terminé leur expérience.

Comme Liz n'avait pas plus envie d'attendre que lui, il n'avait eu aucun mal à la persuader. Enfin, elle avait quelque chose de concret à tenter ! Et qui pourrait peut-être faire revenir Alex…

— A ton avis, par quoi on commence ? demanda Adam.

— Tu t'occupes du bureau, répondit Liz. Moi, je me charge du cabinet où il rangeait ses dossiers.

Elle tira les rideaux et alluma le plafonnier.

Adam se mit au travail ; Liz ouvrit le premier tiroir étiqueté « Abysse – Humidité ». Elle prit un dossier et le feuilleta.

Le dossier « Abysse » contenait une série d'articles sur un cratère, au Colorado. Il descendait jusqu'au centre de la terre, où une race extraterrestre avait élu domicile. Bien sûr, c'était d'après des sources – discutables – de DuPris. Aux yeux de Liz, un vrai tissu d'âneries… Le genre de choses qu'on trouvait dans le *Projecteur Astral*…

DuPris s'était servi du journal comme couverture pour mener son enquête sur Michael, Max et Isabel. Et pour retrouver la Pierre de Minuit.

Liz s'étonnait qu'il ait gardé des traces de ses recherches.

Elle survola des centaines d'articles.

Arrivée au dossier « Humidité », elle dut se retenir de rire, tant le contenu dépassait les limites du ridicule. Il s'agissait d'un article sur une race d'extraterrestres originaire de la planète Neutron-6. Ils devaient impérativement garder leur peau humide en permanence, sinon ils se desséchaient sur place, comme des vers après la pluie.

— Le pire, c'est que des gens gobent ce genre d'inepties, murmura Liz en replaçant le dossier dans le placard.

Elle venait de refermer le tiroir quand elle entendit un bruit de pas, dans le couloir. Elle eut la chair de poule… Le bouton de porte commença à tourner. Elle jeta un coup d'œil à Adam ; le jeune homme avait blêmi.

— Vite ! Sous le bureau !

Ils se glissèrent sous le meuble.

— La lumière…, chuchota Adam à l'instant où la porte s'ouvrait.

Liz ferma les yeux. Le mal était fait. Ils n'y pouvaient plus rien.

La jeune fille se contorsionna pour jeter un coup d'œil sous la plaque métallique. Elle aperçut une paire de chaussures à talons compensés et les roulettes d'un chariot. Une odeur de désinfectant envahit la pièce.

La femme de ménage !

Liz se calma. Leur situation n'était pas enviable, mais elle préférait avoir affaire à la femme de ménage qu'à DuPris.

— Il laisse toujours la lampe allumée, grommela l'employée entre ses dents.

Alors qu'elle vidait une poubelle dans un sac, Liz prit soudain conscience du bras d'Adam passé autour de son ventre et de sa joue appuyée contre son épaule. Elle sentait son cœur battre... à toute vitesse !

Elle lui jeta un coup d'œil et surprit son expression émerveillée.

C'était elle qu'il regardait ainsi...

Aussitôt, elle essaya de s'écarter. Mais leur refuge ne lui permit pas de prendre ses distances.

Qu'Adam se soit entiché d'elle, passait encore. Elle trouvait même ça plutôt flatteur... aussi longtemps que ça restait lointain. De près, ça la rendait nerveuse.

Liz essaya de limiter les contacts physiques et d'envoyer des ondes négatives au jeune homme. Mais en entendant la respiration oppressée d'Adam, elle se sentit rougir.

Elle jeta un regard en coin à son compagnon. Adam n'était pas désagréable à regarder... au contraire. Il était mince et musclé.

Mais ce n'était pas Max.

La femme de ménage se décida à partir et éteignit la lumière.

Liz s'empressa de sortir de sous le bureau. Puis elle épousseta ses vêtements.

L'obscurité qui avait envahi la pièce lui sembla trop intime. Elle se hâta de rallumer le plafonnier.

Adam ne sortit pas de sa cachette avant une bonne minute. Quand il se décida à se montrer, il fit un sourire maladroit à la jeune fille.

Liz devait reprendre le contrôle de la situation avant qu'il dise quelque chose qu'ils regretteraient tous deux.

— Très bien. Au travail !

— J'ai fini de fouiller le bureau.

Adam avait l'air mal à l'aise, comme s'il se sentait coupable.

Et peut-être est-ce le cas… en pensée.

Liz coupa court à ce genre de réflexion, avant que son imagination lui fournisse des détails qu'elle préférait ignorer.

— Alors, vérifie la bibliothèque. N'oublie pas d'inspecter les livres, au cas où il aurait dissimulé quelque chose dedans.

Liz retourna fouiller les dossiers suspendus. Mais avant d'en avoir terminé avec le troisième tiroir, elle eut mal au cou à force de se contorsionner.

Elle passa l'avant-bras dans le tiroir, pour pousser les dossiers et l'ouvrir plus grand. Un de ses doigts effleura quelque chose. Elle retira vivement la main.

— Aïe !

Portant son index à sa bouche, elle goûta la saveur cuivrée de son propre sang.

Une coupure de papier.

Mais comment avait-elle pu se faire ça ?

De l'autre main, Liz sonda l'espace entre le tiroir et le côté du meuble, derrière les pochettes cartonnées.

Et elle trouva un dossier coincé contre la paroi.

Elle le sortit de sa cachette. Il devait s'agir d'un dossier que DuPris ne voulait pas voir tomber entre n'importe quelles mains…

Liz ouvrit la chemise.

Elle contenait une photographie.

On y voyait un type d'âge moyen en uniforme serrer la main au shérif Valenti. Les deux hommes regardaient l'objectif en souriant.

Incapable de réprimer un frisson, Liz reconnut le soldat.

C'était M. Manes.

Le père d'Alex.

Ça ne veut peut-être rien dire… Le père d'Alex a pris sa retraite après une belle carrière dans l'aviation et Valenti était shérif. Il doit y avoir une centaine de raisons pour expliquer cette poignée de main. Peut-être se sont-ils rencontrés au cours d'un barbecue ?

Mais la scène n'avait pas l'air d'avoir été immortalisée au cours d'une soirée.

En arrière-plan, on voyait clairement un bureau

qui ressemblait à celui de Valenti dans le complexe du Projet Table Rase…

Non, ça n'est pas possible !

Quelle autre explication trouver ?

Si le père d'Alex avait ses entrées dans le complexe souterrain, il était un agent du Projet Table Rase…

CHAPITRE V

Revenue chez elle, Maria essaya d'ouvrir la porte d'entrée en silence, mais elle n'était pas douée. Les clés lui semblèrent tinter anormalement quand elle en introduisit une dans la serrure.

Il était tard – terriblement ! A neuf heures du soir, elle roulait encore avec Michael – et deux heures avaient passé.

Non que cela eût la moindre importance. Sa mère était probablement sortie, vêtue des habits de sa fille, bien trop moulants pour son âge…

Maria franchit le seuil et vit son petit frère de dix ans, Kevin, sur les marches de l'escalier, en pyjama.

— Tu as de graves ennuis, murmura-t-il.

— Pourquoi ? souffla Maria. Maman…

— C'est toi, Maria ? lança sa mère, dans le salon.

Kevin se précipita à l'étage comme une fusée.

Petite fouine ! pensa Maria, sans véritable méchanceté.

Il fallait reconnaître une chose : son frère était un as dès qu'il s'agissait de déguerpir du champ de bataille.

Si j'avais ce don !

Maria se retourna au moment où sa mère fondait sur elle. Contrairement à son habitude, Mme DeLuca portait des vêtements tout à fait maternels – un sweat-shirt et un jean.

Ça n'était pas bon signe.

D'autant qu'elle était suivie par Kasey Dodson.

Je dirais même que c'est très mauvais signe...

Maria était en retard, mais pas au point que sa mère ait appelé la police, tout de même !

A moins que Dodson ne soit aussi un agent du Projet Table Rase, comme le soupçonnaient Liz et Max... Et si elle savait qui étaient réellement les amis de Maria ?

— Mais où étais-tu ? s'exclama Mme DeLuca. Il est plus de onze heures ! Tu n'as laissé aucun message ! C'est inacceptable.

— J'étais chez Liz, mentit Maria.

Elle ne pouvait pas avouer qu'elle était partie accomplir une mission dangereuse avec un garçon. Même si le garçon en question était Michael. Sa mère flipperait. Et mentionner le jeune homme devant le shérif paraissait loin d'être une excellente idée... Dodson connaissait peut-être déjà le terrible secret de Michael, de Max, d'Isabel et d'Adam.

— Nous avons regardé un film. Pris par l'histoire, nous n'avons pas vu le temps passer. C'était un truc d'horreur, avec des fourmis géantes…

Maria devait figurer sur la liste des plus mauvais menteurs au monde, mais elle réussissait à tromper sa mère quand la situation l'exigeait.

Le shérif Dodson, c'était une autre histoire…

Maria lui jeta un coup d'œil pour voir si elle avait gobé son « alibi ».

Un drôle de petit sourire flottait sur les lèvres de Dodson, trahissant peut-être du scepticisme. Mais il fut vite remplacé par un froncement de sourcils.

— Tu devrais prévenir quand tu sais que tu seras en retard, dit Kasey Dodson. Ça n'est pas bien de laisser ta mère s'inquiéter alors qu'il est si simple de passer un coup de fil.

Maria tourna et retourna les paroles du shérif dans sa tête, essayant d'y découvrir un sens caché. En vain. Les mots employés par Kasey Dodson étaient clairs et sans ambiguïté.

— Vous avez raison. Désolée, maman. J'aurais dû t'appeler.

— La prochaine fois, fais-le, d'accord ? dit Mme DeLuca.

— Promis.

La mère de Maria se détendit un peu.

— Voulez-vous du thé ? demanda-t-elle. J'en ai même un avec de la théine, mais Maria ne le savait pas jusqu'à maintenant…

— Maman, tu avais promis d'arrêter les stimulants ! cria la jeune fille.

— J'aurais bien aimé, Mimi, mais je ne peux pas rester, dit Kasey Dodson. Puisque tout est rentré dans l'ordre, ici, je retourne chez moi. Si Julie se réveillait… ça ne serait pas une bonne chose.

Maria regarda le nouveau shérif, bouche bée. Le prénom de sa mère était Margaret. Seuls ses intimes se permettaient de l'appeler Mimi…

Que se passait-il ? Pourquoi sa mère et Dodson agissaient-elles comme de vieilles copines ? Et qui était Julie ?

— Une autre fois, alors, dit Mme DeLuca. Merci pour tout, Kasey.

— Aucun problème, répondit Dodson. Tu sais où me trouver, au besoin.

Elle sortit.

Maria se calma quand la porte se referma derrière le shérif. Kasey Dodson n'avait rien dit qui puisse éveiller ses soupçons, mais elle était passée à un cheveu de la catastrophe.

Mme DeLuca posa une main sur l'épaule de sa fille.

— Je peux quand même nous faire du thé…

Un des tiens. J'aurais besoin d'une tasse. Qu'en dis-tu ?

— C'est une bonne idée.

Maria suivit sa mère dans la cuisine et sortit deux tasses du placard.

— Qui est Julie ? demanda-t-elle.

— La fille de Kasey.

Campée devant l'évier de la cuisine, Mme DeLuca remplit la bouilloire.

— C'est pour ça qu'elle était là. C'était mon tour de servir d'hôtesse à mon groupe de MSP, tu te rappelles ?

MSP étaient les initiales de « Mères Sans Partenaire », un groupe de soutien que Margaret avait rejoint après son divorce. Donc, la présence de Dodson chez elle n'avait rien d'inquiétant… Pour l'instant.

— C'est génial ! répondit Maria avec un sourire trop forcé.

— Kasey est restée après la réunion pour m'aider à ranger, continua Mme DeLuca.

Elle posa la bouilloire sur la plaque.

— Ensuite, elle n'a pas voulu me laisser attendre seule ton retour.

— Je n'avais pas l'intention de t'inquiéter, dit Maria en s'asseyant à table.

Sa mère prit place en face d'elle et lui sourit.

— Tout est bien qui finit bien, non ? La prochaine fois, appelle-moi.

— C’est promis.

Maria tiendrait parole, car elle ne voulait plus en rentrant chez elle trouver le shérif à la maison.

Je deviens paranoïaque, pensa-t-elle.

Mais cette histoire de shérif qui, comme par hasard, avait tenu compagnie à sa mère, sonnait faux…

Et si Dodson se servait de ma mère pour garder un œil sur moi ? Si elle était vraiment un agent du Projet Table Rase ?

Oui, Maria devenait paranoïaque.

Parfois, une bonne dose de paranoïa pouvait se révéler salutaire.

— Tu ne croiras pas ce que je vais te raconter ! lança Max.

Michael se hissa sur le rebord de la fenêtre de son ami et sauta dans sa chambre à coucher.

— On dirait que c’est une nouvelle de taille, fit-il en brossant son T-shirt noir.

— Tu n’imagines pas à quel point ! Liz et Adam se sont introduits en douce dans le bureau de DuPris !

Michael en resta un instant bouche bée.

— Ils ont fait *quoi* ? Ils cherchent à se faire tuer ?

— Ce n’est que le début, continua Max, s’asseyant au bord du lit.

Il leva les yeux vers Michael, espérant que son

ami ne fondrait pas un fusible en entendant la suite…

— Ah oui ? Alors ?

— Ils ont trouvé une photo de Valenti, dans son bureau, au complexe.

— Et… ?

— Il serre la main du père d'Alex.

Michael regarda fixement Max.

— Le major est un agent du Projet Table Rase…

— Nous n'en sommes pas sûrs. Ça ne veut peut-être rien dire.

— Mais peut-être que si, répliqua Michael. S'il appartient au Projet Table Rase, il fait partie de ceux qui veulent nous voir morts. Et s'il découvre que nous sommes responsables de la disparition d'Alex…

Max baissa la tête, accablé.

Nous sommes responsables, se répéta-t-il.

Il aurait dû y avoir un moyen de distinguer Alex et DuPris pendant l'ouverture du vortex. Même si les molécules d'Alex avaient été chamboulées pour le faire ressembler à DuPris, Max aurait dû être capable de reconnaître son ami…

— C'était un *accident*, souligna Michael. Crois-tu que j'ignore ce qui te passe par la tête en ce moment ? Tu te sens coupable de ce qui est arrivé. Mais il faut arrêter ça, Max. Combien de fois devrons-nous te répéter que ça n'est pas ta faute ?

Tu as été *abusé*. Nous l'avons tous été. Aux yeux de n'importe quel agent du Projet Table Rase, nous serions automatiquement coupables. Mais nous, nous savons à quoi nous en tenir.

Max hocha la tête sans être convaincu. Il continuerait de se faire des reproches aussi longtemps qu'Alex ne serait pas de retour sur Terre.

— Alors… Que faisons-nous au sujet du major ? demanda-t-il, changeant de sujet.

— Nous l'évitons comme la peste ? proposa Michael.

— Il est possible qu'il n'ait rien à voir avec le Projet Table Rase. J'ai besoin de preuves plus concrètes qu'une photographie trouvée dans les dossiers de DuPris. Après tout, le *Projecteur Astral* est connu pour publier des photos truquées.

— Tu marques un point, concéda Michael. Nous allons garder l'œil sur lui… sans trop nous approcher.

— Et nous la jouer cool si nous tombons nez à nez avec lui ! ajouta Max.

— Tu peux peut-être te la *jouer* cool, fit Michael avec un sourire malicieux. Mais tu ne *seras* jamais cool, petit génie.

— Débile, riposta Max.

— Je n'ai pas à supporter ce genre d'insultes, plaisanta Michael en descendant de son perchoir. Je m'en vais.

— Déjà ?

— Oui.

Michael lui agita sous le nez les clés de l'appartement.

— Maintenant que j'ai un endroit à moi, je n'ai plus envie de passer la nuit dehors. Jaloux ?

Max leva les yeux au ciel.

— A en crever. A plus !

— A plus !

Son ami parti, Max s'allongea et décida de tuer le temps en regardant les programmes de nuit. Il commença à zapper et s'arrêta sur une émission culinaire. Mais les combinaisons d'ingrédients ne lui semblèrent pas appétissantes. Pourquoi les humains ne mélangeaient-ils jamais le sucré et le salé ?

Comme, par exemple, un hamburger tartiné de compote de pommes. Miam !

La conscience collective était d'accord. Un flot d'images approbatrices envahit son esprit.

Oui, acquiescèrent les consciences extragalactiques.

Elles aimaient la viande grillée accompagnée de compote de fruits acides.

Un esprit partagea avec lui la saveur de son plat préféré ; Max goûta les aliments, les sentant glisser dans sa gorge.

Divin !

Soudain, il s'avisa qu'il ne s'était pas connecté…

Allait-il subir ces intrusions intempestives jusqu'à la fin de ses jours – voire après ? A l'idée que la conscience collective regarderait toujours par-dessus son épaule – une image, bien sûr –, il en eut la chair de poule. D'autant que la connexion serait toujours plus profonde…

Ne pourrais-je plus me déconnecter ?

Il s'assit sur son lit et se frotta les yeux. Peut-être devrait-il passer moins de temps connecté – de son plein gré – à la conscience collective. Ainsi, la liaison automatique cesserait peu à peu…

Mais si je coupe les ponts, comment me renseigner sur le sort d'Alex ? Je dois m'assurer que personne ne panique au sujet de sa présence, là-bas.

Max ferma les yeux.

C'était ce qu'il aurait dû faire un peu plus tôt : demander des nouvelles d'Alex. Peu importaient les conséquences sur sa vie. Veiller sur son ami par-delà le cosmos serait sa priorité.

Inspirant profondément, Max s'ouvrit à la conscience collective et sombra dans un océan d'auras. Comme dans un bain chaud, il se sentit emporté par le réseau d'esprits. Puis il fut absorbé par l'entité, devenant un au sein de la multitude.

Alex ? pensa-t-il, lançant une image : son ami aux cheveux roux riant d'une de ses plaisanteries.

Comment va Alex ?

Les réponses furent positives. Les réactions

amicales d'êtres qui s'habituaient à la présence d'un humain parmi eux.

Puis Max percuta une aura familière.

Celle d'Alex.

Si terrifié qu'il en était presque fou.

Max capta chez son ami une peur panique, l'image d'une présence menaçante, plus une tristesse et une solitude infinies. Alex n'avait nulle part où se reposer. Il restait sur le qui-vive, se déplaçant sans cesse.

Histoire de rester en vie.

Que se passe-t-il ? s'inquiéta Max. *Alex, quel est le problème ? De qui dois-tu te cacher ?*

Mais avant qu'Alex puisse répondre, une entité pleine d'animosité prit sa place, lui envoyant des images de feu et de destruction. Max se recroquevilla sur lui-même… et perdit la trace de son ami dans l'ouragan d'auras.

Il se jeta tête la première dans la tourmente, luttant pour s'accrocher à la présence d'Alex. En vain. L'entité hostile l'empêchait de communiquer avec son ami.

Comment puis-je le ramener chez lui si vous ne me laissez pas lui parler ? cria Max. *Nous souhaitons la même chose… qu'Alex quitte votre planète et rentre sur Terre !*

Il sut que son message ne serait pas compris. Son raisonnement était trop compliqué pour passer par de simples images.

Ne recevant pas de réponse, Max s'adressa à son ami.

Alex ! Si tu m'entends, sache que nous faisons tout pour te ramener sur Terre ! Tu nous manques et nous souhaitons ton retour ! Je te le promets... Nous trouverons un moyen de te faire revenir !

Max se déconnecta, épuisé, et reprit son souffle.

Que se passait-il ? D'où venait cette colère ?

A l'idée qu'Alex était seul et effrayé sur une planète inconnue, Max eut la nausée. Mais il ne pouvait rien, sinon espérer que la conscience collective avait compris ce que le jeune homme représentait pour lui et qu'elle empêcherait qu'on ne lui nuise.

Liz était si belle, aujourd'hui... pensa Adam.

Allongé sur le tapis du salon, il laissa son esprit remonter le temps et revenir sur ce qui s'était passé quand ils avaient failli être surpris, dans le bureau du *Projecteur Astral*.

Liz était cachée sous le bureau de DuPris avec lui, son corps tiède et parfumé pressé contre le sien, ses lèvres si proches des siennes qu'il aurait pu l'embrasser...

Adam se tourna sur le ventre et enfouit son visage dans le coussin d'une chaise éventrée. Dommage que ce ne soit pas le moment de prendre ses deux heures de sommeil ! Endormi, il ne penserait plus à Liz.

Enfin, peut-être…

Je me demande si elle rêve à moi.

Les chances étaient *inexistantes*. Mais il devrait peut-être jeter un coup d'œil dans l'orbe de la jeune fille…

Il donnerait n'importe quoi pour savoir à qui rêvait Liz !

Non ! Je ne peux pas faire ça. Je dois respecter son intimité.

D'ailleurs, qui lui avait donné le droit de penser à elle de cette manière ? Liz était avec Max. Ils s'aimaient et formaient un couple parfait. Adam ne représentait rien aux yeux de la jeune fille. Rien de spécial, du moins.

Et Max avait été si gentil avec lui. Ils l'avaient tous été.

Voilà pourquoi il ne devait pas jouer les voyeurs.

Ça n'aurait pas été bien de sa part.

Mais rien ne l'empêchait d'aller se promener dans les rêves d'un autre. A l'époque où il vivait dans le complexe, déambuler parmi les songes avait été le seul moyen de goûter un peu de liberté. Il apprenait à connaître le monde, simplement en partageant les rêves des autres.

Et si d'aventure il trouvait l'orbe de Liz en

chemin – s'il s'arrêtait à côté pour y jeter un coup d'œil –, à qui cela nuirait-il ?

A personne.

Adam se retourna sur le dos. Paupières baissées, il laissa le calme l'envahir. Puis il rouvrit les yeux… dans le plan des rêves.

Il était entouré par des milliards d'orbes brillants. Des couleurs chatoyantes tourbillonnaient à la surface des sphères, chacune produisant une note très pure. Et si riche qu'il était difficile de la qualifier de son.

Adam sentait la musique à un niveau très profond. Cette musique s'adressait à tous les sens.

Chaque orbe appartenait à un rêveur. Adam siffla doucement, se concentrant sur une image de Liz.

A cette heure, elle devait dormir…

L'orbe de la jeune fille réagit instantanément à l'appel. Adam continua de siffler la note pure qui le caractérisait jusqu'à ce qu'il soit assez près pour y jeter un coup d'œil.

Ce qu'il vit le fit sursauter.

Liz faisait un cauchemar.

On lui donnait la chasse dans sa propre maison ! Le regard fou, elle montait les marches quatre à quatre, à la recherche d'une cachette. Les murs se refermèrent sur elle, laissant un étroit passage. Un brouillard bleu emplit la cage d'escalier, empêchant la jeune fille de distinguer son poursuivant.

Et de lui échapper.

Adam fit mine de prendre l'orbe entre ses mains, invitant la sphère à s'élargir suffisamment pour qu'il puisse mieux voir.

Liz était dans une chambre à coucher. Le brouillard l'entourait. Elle se cogna au montant du lit. Des mains jaillirent et essayèrent de la saisir à la gorge.

La jeune fille vit son poursuivant pour la première fois… Ce n'était autre que Liz elle-même. Mais une Liz aux yeux et aux lèvres scellés par des points grossiers en fil noir.

Adam en avait assez vu. Il bondit à l'intérieur de l'orbe et se jeta sur la créature, qui tomba en poussière. Puis il prit Liz par la main et changea le décor.

Ils étaient maintenant dans une salle d'exposition, au Musée de l'OVNI.

— Fais-la partir ! cria Liz.

— Elle est partie, assura Adam. Veux-tu que je mette de la musique ?

Encore secouée, Liz hocha la tête. Il appuya sur un bouton du juke-box. La mélodie qui s'échappa de la machine était lente et douce, d'une beauté poignante.

— C'est magnifique, souffla Liz.

Elle commença à danser puis leva les yeux et lui sourit.

Adam culpabilisa. Etait-il bien qu'il se trouve là,

avec Liz ? Max ne serait sans doute pas fâché s'ils ne faisaient rien d'inconvenant…

Adam connaissait suffisamment Max pour savoir qu'il n'aurait pas voulu qu'il laisse la jeune fille au milieu d'un horrible cauchemar.

Alors, ne reste pas les bras ballants ! Arrange-toi pour qu'elle oublie cette pénible expérience… Invite-la à danser, par exemple.

Adam tendit les bras à Liz.

— Tu veux…

— Bien sûr !

Elle lui sourit de nouveau.

Cette fois, son expression changea. Elle n'était plus amicale mais… intéressée.

Adam déglutit avec peine. Liz ne semblait pas partager sa nervosité. Quand elle croisa son regard, ses yeux bruns étaient chaleureux.

Puis elle fut entre ses bras. Les mains d'Adam se posèrent au creux de ses reins. L'aura couleur d'ambre de la jeune fille se mêla à la sienne, jaune citron, tels les premiers signes du soleil couchant.

Il n'oublierait jamais ces instants. Ils étaient trop précieux.

Adam ferma les yeux et mémorisa tout. La sensation du corps souple de la jeune fille contre le sien. La chaleur de ses mains sur ses épaules. Ses cheveux qui effleuraient sa joue.

Dans la réalité, il n'aurait aucune chance de

tenir Liz de cette manière. Ça ne se reproduirait pas.

Pas dans le monde réel.

Où ils ne seraient jamais que de simples copains.

CHAPITRE VI

— Comment est-on censé manger un truc pareil ? demanda Liz à ses amis.

Tous étaient assis à la cafétéria du lycée – sauf Alex, bien sûr. Et Adam. Ils n'avaient pas trouvé le moyen de l'inscrire à l'école sans que les services sociaux du comté s'en mêlent.

Adam passait ses journées seul chez Michael pendant qu'ils étaient en cours.

Adam…

Liz s'était réveillée avec une sensation bizarre à son sujet – bizarre, mais pas désagréable. Elle ignorait son origine.

— C'est pour ça que j'ai apporté du thon, dit Maria. Il faudrait me payer cher pour que j'accepte d'avaler les cochonneries qu'on nous sert à la cafétéria.

Michael posa sur elle un regard faussement choqué.

— Mais de quoi parlez-vous ?

Il ajouta des cornichons sur sa part de pizza à la viande.

— Ça, c'est ce que j'appelle un plat de roi !

— C'est la chose la plus écœurante que j'aie vue de ma vie ! assura Liz.

— Sérieusement, intervint Isabel, tu aurais pu la saupoudrer d'aspartame.

— Beurk ! protesta Maria.

— Parfait, dit Michael avec un grand sourire. Ça en fait plus pour moi.

Liz sourit aussi... Pourquoi Max restait-il silencieux pendant le déjeuner ? Il ne s'était pas joint aux plaisanteries et n'en avait pas ri avec eux. Et il ne s'était pas assis à côté d'elle. A gauche d'Isabel, il faisait face à Michael.

Il était perdu dans ses pensées... Dieu savait où.

— Max ! fit Liz. La Terre appelle Max !

Il leva les yeux, surpris.

— Oh, dit-il, le rouge lui montant aux joues. Désolé. Je repensais à cette histoire de grotte...

— Celle dont se souvient Isabel ? demanda Maria.

Max acquiesça.

— Je n'arrête pas de me creuser la cervelle pour découvrir un moyen de l'identifier, mais jusqu'ici...

— Nada ! acheva Isabel. Je n'ai rien trouvé d'utile non plus. Tout est flou. Si je pouvais me remémorer ce qui s'est... Attendez... Oubliez ça.

Je suis contente de ne pas m'en rappeler. DuPris est un porc !

— De quoi te souviens-tu ? Cette grotte ressemblait-elle à la vôtre ? demanda Maria.

Elle faisait référence à la caverne où Michael, Max et Isabel étaient sortis de leurs capsules d'incubation. Ils s'en servaient comme d'un refuge.

Les trois jeunes extraterrestres y avaient amené Maria, Liz et Alex après qu'ils eurent appris leur secret. C'était là que s'étaient cimentées leur amitié et leur alliance avec les trois humains. Aujourd'hui, c'était leur quartier général.

— Tu veux dire, *notre* grotte ? demanda Isabel.

Liz sourit. Il n'était pas facile pour Isabel d'associer ses nouveaux amis à une chose qui lui était si chère.

— Non, reprit Isabel. Celle où nous a emmenés DuPris était beaucoup plus grande. Mais tout y était : des stalagmites, des stalactites, des chauves-souris, les ténèbres… Une grotte banale, quoi.

— Il y a un million d'endroits comme ça au Nouveau-Mexique ! dit Michael. Max et moi avons passé le désert au peigne fin pendant des années, et nous avons exploré une infime partie des grottes.

— Nous ne sommes même pas sûrs qu'elle soit dans l'Etat du Nouveau-Mexique, ajouta Liz. DuPris peut se téléporter, vous vous rappelez ? Il nous a suivis jusqu'au musée quand nous avons fui le ranch. Il a emmené les chasseurs de primes avec lui. Donc, on peut en déduire qu'il a aussi pu téléporter Adam et Isabel.

— Je me souviens d'avoir été enfermée dans le coffre d'une voiture, rappela Isabel.

— Il aurait pu implanter ce souvenir dans ton cerveau, dit Michael. Comme ça, en cas d'échec, il s'assurait que nous ne pourrions pas le traquer.

La cloche sonna, mettant un terme à leurs spéculations.

Biologie, pensa Liz en se levant.

Son cours préféré... Max, qui faisait partie de sa classe, était son partenaire de labo depuis des années. Peut-être reviendrait-il sur Terre dès qu'ils seraient assis devant une expérience.

Liz salua ses amis, puis Max et elle sortirent de la cafétéria, se dirigeant vers les labos. A mi-chemin, la jeune fille poussa son compagnon du coude.

— Alors, prêt pour l'expérience d'aujourd'hui ? Qu'est-ce que ça te fait de jouer les entremetteurs entre deux mouches ?

Max s'arrêta net.

— Tu sais quoi ? Je viens de me rappeler que j'ai oublié mon livre dans mon casier. Je te rattrape !

— Euh... d'accord, répondit Liz.

Max ne l'entendit pas. Il était déjà à l'autre bout du couloir.

La jeune fille continua seule.

Il est préoccupé, c'est tout, se dit-elle pour se rassurer.

Elle fit un détour par la fontaine à eau, près de la vitrine aux trophées.

Alors qu'elle se penchait au-dessus du filet d'eau, une main se posa sur son épaule. Elle pensa d'abord que c'était Max qui l'avait rattrapée. Mais il n'aurait pas serré au point de lui faire mal.

Elle se retourna. C'était Kyle Valenti. Des gouttes de sueur perlaient sur son front.

— Qu'est-ce qui te prend, Kyle ? demanda Liz.

Elle se libéra d'une secousse.

— Quel est ton problème ?

— Mon problème ? répéta Kyle.

Il rit, mais cela sonnait faux.

— Oui, tu as raison, j'ai un problème ! Pourquoi ne me dis-tu pas où est mon père ?

Son père.

Soudain, Liz fut submergée par un raz de marée d'émotions... Peur, pitié, confusion... Elle lutta pour n'en rien laisser paraître.

Elle avait de la peine pour Kyle – après tout, il avait perdu son père. Le shérif Valenti était un mauvais homme, mais Liz préférait ne pas imaginer ce qu'elle ressentirait si son père venait à disparaître.

Comment Kyle savait-il qu'elle était impliquée dans cette disparition ?

De quoi était-il au courant, au juste ?

— Ton père ? répéta Liz, feignant la surprise. De quoi parles-tu ?

Kyle plissa les yeux.

— Je sais que tu as quelque chose à voir avec sa disparition ! Ce jour-là, tu rôdais autour de chez moi… juste avant que je le voie pour la dernière fois. Tu voudrais me faire croire à une coïncidence ?

— Kyle, je suis désolée, dit Liz. Mais je ne sais absolument pas où est ton père.

Elle essaya de lui fausser compagnie avant qu'il ne puisse lire dans ses yeux qu'elle mentait.

Kyle la retint par un bras.

— Alors, peux-tu m'expliquer ce que tu fichais chez moi ?

— Kyle, je l'ai déjà fait…

Elle chercha à se rappeler l'explication bidon que Maria et elle avaient inventée quand il les avait surprises chez lui.

— Maria… et moi… avions décidé de décorer les maisons des joueurs de l'équipe. C'était pour rire…

— Cesse de me prendre pour un idiot ! Il est mort ? L'as-tu *tué* ? Dis-le-moi ou je…

— Ou tu quoi… ?

— Ou je… (Il regarda autour de lui.) Je…

Il se retourna et écrasa son poing contre la vitrine aux trophées qui vola en éclats.

La jeune fille sursauta. Dieu, Kyle pétait les plombs ! Avec la disparition de son père, ce crétin congénital devenait fou.

Liz tressaillit en voyant du sang couler des coupures qu'il s'était infligées à la main. Elle resta abasourdie, sans réaction.

— Sécurité ! cria-t-on à l'autre bout du couloir.

Liz vit Mlle Shaffer se précipiter, deux gardes sur les talons.

— Que se passe-t-il ici ?

Shaffer vit la main ensanglantée de Kyle et la vitrine brisée.

— Kyle ? Tout va bien ?

— C'est elle ! cria le jeune homme. Elle a fait quelque chose à mon père ! Elle est mouillée jusqu'au cou !

Sonnée, Liz regarda les deux gardes emmener Kyle. En elle, la pitié le disputait à la culpabilité et à la peur.

— Que s'est-il passé, Liz ? demanda Mlle Shaffer.

— Eh bien… Il y a quelques mois, Kyle m'a demandé de sortir avec lui. J'ai refusé. Depuis, il m'en veut.

Au fond, il n'était pas plus mal de ne pas mentir sur toute la ligne.

— Quant à ce qui s'est passé aujourd'hui… Navrée, mais je ne peux pas vous expliquer les raisons du comportement de Kyle. Il a commencé à crier quelque chose au sujet de son père. Je suppose qu'il s'agit d'un problème familial. J'ignore de quoi il voulait parler. Et puis… il est devenu fou.

— Etrange. Très étrange.

— A qui le dites-vous !

L'air de rien, Liz observa la directrice. Avait-elle cru à son histoire ?

Mlle Shaffer posa une main sur le bras de Liz.

— Ça ira ?

— Oui, ne vous inquiétez pas. Je suis juste un peu secouée. Je suppose qu'il vaut mieux que j'aille en cours.

Liz s'éloigna, s'exhortant à ne pas courir. Dès qu'elle eut tourné au coin, elle s'arrêta pour s'appuyer au mur.

Kyle sait tout !

Liz et ses amis n'étaient pas responsables de la mort du shérif Valenti, mais ils en avaient été témoins. DuPris s'était servi d'Adam pour faire le sale boulot. Si Kyle les soupçonnait et qu'il continuait à chercher, Adam – et tout le groupe avec lui – aurait de graves ennuis.

Liz retourna vers la fontaine, à l'autre bout du couloir. Kyle l'avait attrapée avant qu'elle ait le temps de boire. Tandis qu'elle se désaltérait, elle s'efforça d'examiner la situation sous un angle rationnel.

Que savait Kyle ?

Assez pour porter des accusations contre elle, mais c'était tout, décida-t-elle.

Se redressant, elle repartit vers la salle de biologie.

Il n'avait pas la moindre preuve. Donc, ses accusations tenaient à des présomptions – au mieux.

Mais en savait-il plus qu'il ne l'avait dit ?

Connaissait-il l'existence du Projet Table Rase ? Le shérif avait-il dit à son fils qu'il était sur les traces de Max, d'Isabel et de Michael ? Kyle était-il allé au complexe ?

C'est peut-être lui qui nous a pris en chasse, l'autre jour, à travers le désert...

Visiblement, il avait perdu la tête. Alors, il faudrait s'attendre à tout de sa part.

L'esprit en ébullition, Liz courut vers le labo. Etait-ce Kyle qui avait déplacé le vaisseau ?

Non, il n'aurait pas pu le faire bouger.

Pas sans une aide... *formidable* !

Voilà qui faisait froid dans le dos...

Isabel conduisait sa Jeep dans les rues étroites de la banlieue de Roswell, en direction de la maison d'Alex. Max et Michael avaient décidé de laisser M. Manes tranquille pour l'instant, mais elle ne l'entendait pas de cette oreille.

Depuis que Valenti était mort, Isabel se sentait en sécurité pour la première fois de sa vie.

L'homme qui avait hanté ses cauchemars pendant des années n'était plus.

Apparemment, ce fou furieux avait des amis à Roswell.

Isabel devait découvrir si le père d'Alex appartenait au Projet Table Rase. Sinon, elle deviendrait dingue. A l'idée que le major puisse faire partie d'une agence gouvernementale créée pour éliminer les êtres comme elle, la jeune fille se sentait malade.

Elle l'avait rencontré.

Elle avait dîné à sa table.

Et que ferais-je si je découvre que le père d'Alex appartient au Projet Table Rase et que ses copains et lui ont déplacé le vaisseau spatial ? se demanda-t-elle en se garant devant la résidence des Manes.

Dans ce cas, le major empêcherait le retour de son fils sur la Terre… à son insu.

Isabel ignorait ce qu'elle ferait si elle découvrait que M. Manes était bien un agent de cette organisation. Mais elle trouverait quelque chose. Il le fallait. Peu importait le coût, elle ne pouvait pas permettre au père d'Alex de se dresser en travers de leur chemin alors qu'ils essayaient de ramener son fils.

Oui, peu importait le prix à payer…

Isabel coupa le moteur. Elle était prête à tout risquer pour qu'Alex revienne sur Terre sain et sauf. Jusqu'à fouiner dans la maison d'un homme dont le but, dans la vie, était de capturer les êtres comme elle, de pratiquer des expériences sur eux, puis de…

Isabel refusa de s'appesantir sur ce genre de pensées. Elle descendit de la Jeep et se dirigea vers la porte d'entrée.

C'est pour Alex que tu fais ça, se répétait-elle inlassablement. *Pense à Alex…*

Mme Manes en personne ouvrit. La jeune fille s'était préparée à devoir amadouer le major pour qu'il l'invite à entrer.

Isabel aimait bien Mme Manes, mais elle ignorait ce qu'Alex avait raconté à sa mère après leur rupture. Si elle avait été en face de son père, elle aurait su qu'il ne lui avait rien dit…

Elle dut donc réviser ses plans.

— Oui ? demanda Mme Manes. (Elle avait les yeux rouges et gonflés.) Oh, Isabel ! Je ne vous avais pas reconnue. J'étais… Mais entrez, je vous en prie.

— J'espère que je ne tombe pas trop mal. Je ne voudrais surtout pas vous déranger…

— Non, entrez. J'ai besoin d'un peu de compagnie.

Mme Manes guida Isabel dans le salon – une pièce fonctionnelle, mais arrangée avec goût. Elle s'assit dans un fauteuil, en face de la jeune fille.

— Que puis-je pour vous ?

— Je n'arrête pas de penser à Alex…, répondit Isabel. (Sa voix se brisa en prononçant le nom de son ami disparu, mais elle se reprit très vite.) Je m'inquiète à son sujet… Je venais voir si vous teniez le coup et si vous aviez eu de ses nouvelles…

Mme Manes leva les yeux vers Isabel. Ils étaient brillants de larmes.

— Je suis… désolée, dit-elle, pinçant les lèvres pour les empêcher de trembler. Je ne m'attendais pas à ça – que quelqu'un vienne me témoigner sa sympathie, je veux dire. Ça m'a pris au dépourvu.

Une grosse larme roula sur sa joue ; elle l'essuya vivement.

— D'habitude, je ne suis pas comme ça. Je fais de mon mieux pour me montrer forte, mais…

— Vous n'avez pas à vous montrer forte, assura Isabel. Personne ne vous le demande.

— Si c'était vrai ! répondit Mme Manes.

Elle changea de position et s'éclaircit la gorge.

— J'ai un fils dans les Marines et deux dans l'aviation. J'essaie de me préparer à toutes les éventualités, aussi horribles soient-elles. Mais c'est d'Alex dont il s'agit. *Alex.* Il n'est pas comme ses frères. Il est…

— Doux et gentil.

— Oui, doux et gentil. Je connais bien mon petit dernier. Il n'aurait pas fugué sans laisser au moins un mot d'explication. Il a dû lui arriver quelque chose…

Isabel savait qu'elle ne serait jamais élue la personne la plus chaleureuse au monde, mais elle devait faire quelque chose. Elle se leva et posa une main sur celle de la femme.

— Mme Manes… Vous ne savez pas ce qui s'est passé. Personne ne le sait. Il pourrait rentrer d'une seconde à l'autre.

Si seulement c'était vrai…

— Merci, répondit la mère d'Alex, serrant la main d'Isabel.

Celle-ci faillit la retirer vivement – elle avait les doigts si froids, comme si toute vie les avait désertés !

— Merci de vous montrer si compréhensive. Ça me touche beaucoup.

— C'est tout naturel. Peut-être aimeriez-vous une tasse de thé ? Ou vous allonger un instant ? On dirait que vous n'avez pas dormi depuis… des siècles.

— C'est vrai, dormir ne me ferait pas de mal. Mais mon mari a demandé à la police d'appeler toutes les heures, et lui-même téléphone encore plus souvent. Je dois décrocher…

— Je m'occupe de tout, proposa aussitôt Isabel. Comptez sur moi. Allez vous allonger, je prends le relais pour une heure ou plus, d'accord ?

— Vous êtes un ange, dit Mme Manes, acceptant avec un soulagement visible. Maintenant, je sais pourquoi mon fils est si attaché à vous… Mais promettez-moi de me réveiller dans une heure, pas plus.

Isabel acquiesça.

— Je reste dans le salon, devant la télévision…

Quand la mère d'Alex eut quitté la pièce, Isabel alluma le poste, mais baissa le son pour entendre ce qui se passait dans la maison. Elle zappa un moment, s'arrêtant sur le télé-achat, où une annonce vantait des vernis à ongles métallisés. Elle suivit la démonstration avec une impatience croissante, laissant à Mme Manes le temps de s'endormir.

Quand elle ne put supporter d'attendre davantage, elle se leva et se glissa sur la pointe des pieds jusqu'à la chambre à coucher. La porte était entrouverte. Debout sur le seuil, elle écouta la respiration calme et régulière de la mère d'Alex.

Parfait !

Elle rebroussa chemin à pas de velours. Grâce à Alex, qui lui avait fait les honneurs de la maison à sa première visite, elle savait où était le bureau du major.

Au centre trônait un bureau où était posé un ordinateur portable.

Isabel se laissa tomber sur le siège en cuir du père d'Alex, souleva le couvercle du portable et l'alluma. Après avoir fouillé dans les tiroirs et trouvé une boîte de disquettes, elle entreprit de copier autant de fichiers que possible dans le dossier marqué « personnel ».

Les ronronnements du lecteur de disquettes lui semblaient incroyablement forts. Comment justifierait-elle son intrusion si Mme Manes la prenait en flagrant délit ?

Prétendre que je recherche la dernière version de Doom *ne serait pas une excuse plausible…*

Si la maîtresse des lieux la trouvait en train de fouiner dans le bureau de son mari, Isabel serait obligée d'utiliser ses pouvoirs sur elle pour effacer ses souvenirs. Cette idée lui déplaisait, mais elle n'aurait pas le choix.

Quand le dossier « personnel » fut entièrement copié sur disquettes, Isabel cliqua de-ci de-là, fouillant dans la mémoire de l'ordinateur, à la recherche d'un fichier suspect. Elle laissa de côté la comptabilité du major, ainsi que sa correspondance personnelle, son agenda et ses mémos. Soudain, elle dénicha un fichier au nom révélateur : « *Tabula Rasa* ».

Bingo !

Elle inséra une disquette vierge dans le lecteur et fit une copie du fichier. A présent qu'elle avait fait une découverte capitale, la machine semblait mettre un temps fou à s'exécuter.

Dépêche-toi !

Le téléphone sonna.

Isabel sursauta. En décrochant, elle s'exhorta au calme.

— Allô ? dit-elle sur un ton aussi enjoué que le lui permettait la situation. Vous êtes bien chez les Manes…

— Qui est à l'appareil ? demanda une voix bourrue. Où est ma femme ?

— Bonjour, monsieur Manes. C'est Isabel Evans. Je suis une amie de votre fils Alex. Vous souvenez-vous de moi ? Nous nous sommes rencontrés il y a quelques semaines. Je réponds au téléphone pendant que Mme Manes se repose.

— Très bien, fit le major. Merci. Quand elle se réveillera, dites-lui que j'ai appelé.

— Bien sûr. Je n'y manquerai pas.

Se montrer aimable avec cet homme lui donnait la nausée.

— Bien, dit M. Manes.

Il raccrocha sans un au revoir.

Isabel reposa le combiné et tendit l'oreille.

Rien. Soupirant de soulagement, elle revint à sa tâche. L'ordinateur avait fini de copier le fichier. Elle sortit la disquette et la fourra dans sa poche, avec les deux autres.

Après avoir consulté sa montre, elle éteignit l'ordinateur.

Pourquoi ai-je promis à la mère d'Alex de rester ? se demanda-t-elle, nerveuse.

Il fallait qu'elle quitte cette maison au plus vite.

Max devait être mis au courant. Et il avait un ordinateur. Il pourrait sûrement lire le fichier…

Une partie d'elle aurait voulu partir sans avertir Mme Manes, mais elle ne pouvait pas faire ça à la pauvre femme. Elle devait rester encore un peu, pour qu'elle puisse se reposer.

Après tout ce qu'elle avait infligé au jeune homme, elle lui devait ça.

Isabel entra en trombe dans la cuisine familiale.

A table, Max mangeait des tortillas chips trempées dans du beurre de cacahouète, un en-cas que le frère et la sœur appréciaient beaucoup.

La jeune fille lui mit les trois disquettes sous le nez.

— Devine ce que j'ai là ? demanda-t-elle.

Mme Manes avait dormi longtemps – une éternité ! –, mettant les nerfs d'Isabel à rude épreuve.

— La preuve qu'il y a des extraterrestres parmi nous ? répondit Max.

— Oh, tu es si drôle ! Sur ces disquettes, il y a une copie des dossiers personnels de M. Manes. Et regarde celui-là… Il s'intitule « *Tabula Rasa* » !

— Tu plaisantes… ? Où les as-tu eus ?

— Je les ai copiés pendant que j'étais en mission de reconnaissance dans la maison Manes.

— Isabel ! Serais-tu devenue folle ? Nous avions décidé de laisser le major tranquille…

— Du calme ! Je savais que tu flipperais. Mais

je suis entrée et sortie sans encombre. Et par la grande porte.

— Mesures-tu à quel point ç'aurait pu être dangereux ? insista Max. Michael et moi aurions dû t'accompagner… Pour te secourir, au besoin. Et si tu t'étais fait pincer ?

— Ça n'est pas arrivé. Tu veux me sermonner jusqu'à demain matin, ou tu préfères monter dans ta chambre, allumer ton ordinateur et lire ces disquettes ?

Elle marquait un point.

Max émit un gros soupir puis sortit de la cuisine.

— Allons voir ce que tu as trouvé.

— Attends ! dit Isabel. On emporte les chips.

Dès qu'ils furent dans la chambre, Max s'assit à son bureau et alluma son ordinateur, Isabel campée derrière lui.

— Oublie les fichiers de son dossier « personnel », conseilla la jeune fille. Regarde directement ce que contient le fameux « *Tabula Rasa* ».

— Tu as raison.

Le dossier contenait plusieurs fichiers, chacun portant un numéro à la place du nom. Quand Max cliqua pour ouvrir celui intitulé « 1. mxl », l'écran se couvrit de caractères inconnus.

Du charabia.

— Ce programme n'est pas conçu pour lire ce genre de fichier, annonça Max, visiblement frustré.

— En as-tu un qui puisse le faire ?

— Possible. J'ai un nouveau traducteur.

Max démarra le logiciel en question, mais il planta le système ; le curseur en forme de sablier se mit à tourner sur lui-même au milieu de l'écran.

Pendant que Max réinitialisait l'ordinateur, Isabel rongea son frein.

— Que se passe-t-il ? demanda-t-elle.

— Je crois que ces fichiers sont codés. Désolé, Iz. Je n'arriverai pas à les ouvrir. Tu as fait tout ça pour rien.

— Codés, répéta Isabel en soupirant. Si le major a codé ces fichiers, c'est qu'il a quelque chose à cacher, tu ne crois pas ? C'est la preuve qu'il appartient au Projet Table Rase…

— Evitons de sauter aux conclusions.

Mais Isabel savait qu'elle avait raison. Des fichiers codés. *Tabula Rasa*. M. Manes serrant la main du shérif Valenti…

Un tel faisceau de présomptions concourait à faire du major un agent du Projet Table Rase.

Valenti était mort… Pas l'organisation gouvernementale à laquelle il appartenait.

M. Manes était trop proche d'Isabel et de ses amis. Beaucoup trop proche.

Aujourd'hui, le Crashdown Café *ressemble à un asile d'aliénés !*

Maria avait travaillé comme une forcenée tout l'après-midi. Il lui restait une demi-heure à tirer avant de prendre une pause. Elle se faufila entre les clients attablés du restaurant des Ortecho, un plateau en équilibre sur une main, évitant de justesse une fillette qui lui coupait la route pour rejoindre sa table.

Au moins, les pourboires sont bons, pensa Maria en guise de consolation.

Elle servit trois étrangers, assis près d'une fenêtre.

Les touristes venus visiter le « centre mondial des OVNIS » étaient barbants, mais ils laissaient de généreux pourboires.

Alors que la jeune fille traversait la salle pour prendre la commande d'un couple qui venait de passer la porte, elle laissa son regard errer vers un des box. Adam et Michael s'étaient installés dans la partie réservée à Liz, qui passa à côté d'eux en courant, pour fermer une fenêtre.

Maria ne put s'empêcher de sourire en voyant le regard admiratif d'Adam suivre son amie.

Ce garçon est raide dingue de Liz, pensa-t-elle, attendrie.

Maria n'ignorait pas qu'elle avait naguère la même expression chaque fois qu'elle posait les yeux sur Michael. Elle savait reconnaître un véritable attachement quand elle en voyait un.

J'espère seulement que je n'avais pas l'air si pathétique...

Mais ça, c'était sans doute trop demander.

Michael, pensa Maria, écoutant d'une oreille distraite le couple passer commande. *Mon cher Michael...*

— Je voudrais un thé frappé, sans sucre, dit la femme.

Maria hocha la tête, l'esprit ailleurs. Il n'était pas si facile de repenser à Michael comme à un simple ami.

Un euphémisme, oui !

C'était un des processus les plus douloureux par lesquels elle était passée.

Mais Michael l'entendait ainsi. Elle se pliait à sa volonté.

Des amis.

De simples amis.

Michael, un de ses meilleurs amis.

— Mademoiselle, vous nous écoutez ? demanda l'homme.

— Oh, oui, bien sûr... Vous voulez une glace à la vanille. Avec une cerise confite ?

— Non, pas une glace. Je vous ai commandé une *bière*.

— C'est vrai. Une bière...

Alors qu'elle fonçait pour chercher les boissons, Maria surprit une ravissante jeune fille en train de jeter un regard intéressé à Michael.

Pitié, qu'il ne commence pas à sortir avec d'autres filles et à s'afficher avec elles sous mon nez ! supplia-t-elle.

Pas avant un certain temps.

Que je sois... guérie de lui.

Maria remplit un verre en plastique de thé glacé.

Quand il trouvera une fille qui lui plaît et qu'il la regardera comme il regardait Cameron, il ne faudra pas que ça t'anéantisse encore ! Michael et toi, vous serez toujours amis. Alors, commence dès maintenant à t'habituer à le voir sortir avec d'autres.

Elle posa le thé glacé sur un plateau, à côté d'une bouteille de bière et d'un verre vide.

Peut-être discuterons-nous ensemble de ce qu'il achètera à sa petite amie pour la Saint-Valentin. Comme je le fais toujours avec Alex.

Et pourquoi pas me planter des épingles dans les yeux, tant que j'y suis ?

Maria continua son monologue intérieur en apportant leur commande aux touristes.

Non, pas des épingles, mais des aiguilles. Contrairement aux épingles, les aiguilles n'ont pas de bout. Donc, rien ne les empêche de passer dans ton système sanguin et de remonter le long de tes veines pour te percer le cœur.

Maria posa trop violemment le thé glacé sur la table et... éclaboussa le T-shirt de la femme.

— Je suis navrée... Tenez.

Elle sortit une poignée de serviettes en papier de son tablier et les tendit à la femme.

— Le thé vous est offert par la maison.

Maria s'avisa de ce qui était imprimé sur le T-shirt.

L'affiche de *Mon Martien Favori*, le vieux feuilleton télé.

Alors qu'elle posait sa bière devant l'homme, elle jeta un coup d'œil au T-shirt qu'il portait.

La plupart du temps, les couples de touristes mettaient des T-shirts assortis, ce qui ne manquait jamais de l'amuser.

Mais ces deux-là faisaient exception à la règle.

Le T-shirt de l'homme annonçait : « *Je suis descendu sous terre… dans les cavernes de Carlsbad !* »

Dessous, il y avait une photo de l'entrée d'une immense grotte.

Les cavernes de Carlsbad… Est-ce que… ?

— Quelque chose ne va pas, mademoiselle ? demanda le touriste.

— Euh, non. Excusez-moi, j'avais la tête ailleurs. Etes-vous prêt à passer votre commande de nourriture ?

— Depuis dix minutes, répondit la femme.

Mais Maria ne l'entendit pas.

Les cavernes de Carlsbad…

Y a-t-il des stalactites ?

Sans doute.

Des stalagmites ?

Certainement.

Et des chauves-souris ?

Pourquoi pas.

Les cavernes de Carlsbad… Certaines n'étaient pas ouvertes au public, et c'était peut-être là que DuPris avait trouvé refuge. Un endroit où personne, ni touriste ni explorateur, ne mettait les pieds.

Vraisemblable…

— Mademoiselle ? fit l'homme. Oubliez notre commande et apportez-nous l'addition pour la bière, d'accord ?

CHAPITRE VII

Quand Max roula sur un nid-de-poule, le genou gauche de Liz heurta douloureusement la boîte à gants.

— C'est agréable ! grommela-t-elle entre ses dents, essayant en vain d'adopter une position plus confortable. Je propose que nous nous cherchions une voiture plus grande pour nos équipées en groupe.

Elle était coincée avec Maria sur le siège avant de la Jeep. Il lui semblait qu'elle ne pourrait plus marcher, tant elle avait les jambes ankylosées.

Au volant, Max réussissait, Dieu savait comment, à négocier les trous et les bosses de la chaussée. Des milliers de dos d'âne ! Michael, Isabel et Adam étaient assis à l'arrière.

Estime-toi heureuse que ton père t'ait autorisé ce voyage, se rappela-t-elle.

Elle adorait son père, mais la pression qu'il exerçait sur elle, l'obligeant à se montrer responsable, stable, et complètement « Liz-pas-Rosa », était parfois plus qu'elle ne pouvait supporter. Contre toute attente, il lui avait permis de faire ce voyage de deux jours aux cavernes de Carlsbad. Elle espérait qu'il commençait à avoir confiance en elle.

Bien sûr, il pense que la mère de Maria nous accompagne. Mais quand même.

Que Carlsbad soit à moins de deux cents kilomètres de Roswell avait fini de le décider.

C'était un des sites les plus visités de la région. Beaucoup d'habitants de Roswell allaient y camper en famille. Les grottes et le terrain alentour étaient classés parc national.

M. Ortecho avait été rassuré en apprenant par sa fille que des Rangers y patrouillaient en permanence. Liz n'était pas stupide. Elle n'aurait jamais soumis une requête de cette importance à son père sans s'armer de tous les arguments qu'elle avait pu trouver sur Internet.

— Je suis si excitée à l'idée de partir en week-end ! dit Maria. Je n'étais plus allée camper depuis des années.

— Ce n'est pas un week-end de détente, lui rappela Isabel. Nous voulons retrouver l'homme qui a tué nos parents.

— Et ramener Alex, renchérit Max.

Ils restèrent silencieux un long moment, songeant à leur ami.

— N'empêche, dit Michael, j'ai apporté des marshmallows.

Tous sourirent, même Isabel, ce qui dissipa la tension qui s'était installée entre eux.

Liz croisa le regard de Max et lui sourit. Des marshmallows, un feu de camp, un ciel étoilé… Ça serait une nuit follement romantique…

Si Max pouvait oublier ses soucis assez longtemps pour qu'ils en profitent.

Liz jeta un coup d'œil à Adam dans le rétroviseur. Elle avait l'impression dérangeante d'être observée. Alors que Max changeait de file, elle surprit un éclair bleu, quelques voitures derrière eux.

Elle tourna la tête pour mieux voir, mais Adam lui bouchait la vue…

Et, oui, il la regardait.

— Baisse la tête ! demanda-t-elle d'un ton pressant.

Une Nissan Sentra bleue essayait de les rattraper.

— Accélère, Max ! Je veux vérifier quelque chose.

— Tes désirs sont des ordres, répondit-il.

— Oh, pitié ! geignit Isabel.

Liz l'ignora.

— Double la voiture devant nous, Max !

Tous les sens en alerte, Michael se redressa sur son siège.

— Quelqu'un nous suit ?

— C'est ce que j'essaie de vérifier.

Max accéléra ; la Nissan bleue fit de même. Alors que le jeune homme doublait une camionnette, l'autre véhicule en profita pour se rapprocher encore.

— Aucun doute, nous sommes suivis. Que faisons-nous ?

— Crois-tu que c'est le major ? demanda Isabel.

— Je l'ignore. Vous voyez mieux, à l'arrière ? Je n'arrive pas à distinguer le conducteur. Ralentis un peu, Max.

Max s'exécuta. Pris au dépourvu par la soudaine décélération de la Jeep, la Nissan faillit lui rentrer dedans.

Liz vit aussitôt que le conducteur n'était pas M. Manes. Mais Kyle Valenti !

— Qu'est-ce qu'il nous veut ? marmonna Isabel.

— Après la façon dont il a pété les plombs avec moi, je le crois capable de tout, répondit Liz. Je lui ai dit que je ne savais rien au sujet de son père, mais il n'était pas d'humeur à m'écouter.

— Il n'est pas prêt à entendre la vérité, renchérit Michael. Tu t'imagines en train de lui dire : « Tu sais, Kyle, j'ai tout vu. Un méchant extraterrestre a carbonisé ton père ! »

— Tu as raison, admit la jeune fille.

— Il nous a vus ! cria Adam. Il sait que nous l'avons reconnu… Et il sait qu'il est repéré.

Liz avait les yeux rivés sur le rétroviseur latéral. Kyle accéléra jusqu'à ce que l'avant de sa Nissan touche presque l'arrière de la Jeep. Les sourcils froncés, il semblait en proie à une crise de folie furieuse…

— Mon Dieu ! s'écria Isabel.

Kyle leur rentra dedans. Max lutta pour garder le contrôle de la Jeep.

— Il est devenu fou, ou quoi ? cria Max.

— C'est très possible, répondit Liz.

Kyle les percuta de nouveau, les déportant sur la gauche.

Il essayait de les pousser vers les voitures qui venaient en sens inverse !

— Faites quelque chose ! cria Maria. Ne pouvez-vous pas lui crever les pneus ?

— Nous sommes assez près pour bien viser, même si nous allons un peu vite, dit Adam.

— Faisons un essai avant que Kyle ne nous tue ! lança Michael.

Liz entendit une explosion derrière la Jeep. Dans le rétroviseur, elle vit la voiture de Kyle zigzaguer avant d'aller voir de très près les cactus et les buissons du désert…

Après, le semer fut un jeu d'enfant.

— Bon travail, dit Max.

— Mes amis, les super-héros ! ajouta fièrement Maria.

— Croyez-vous qu'il sache où nous allons ?

demanda Michael en jetant un coup d'œil par-dessus son épaule.

— Je ne le lui ai pas dit, assura Liz. Mais s'il est malin, il a peut-être pensé à poser la question à mon père…

— Ne vous inquiétez pas, dit Max. Le parc est immense. Il ne réussira jamais à nous retrouver.

— Oui, nous ne sommes pas près d'entendre reparler de Kyle ! triompha Isabel.

Liz espérait que son amie avait raison. Elle savait à quel point Kyle pouvait se montrer entêté. Et si le shérif Valenti lui avait fait part de ses découvertes en matière de pouvoirs extraterrestres, un pneu crevé ne l'arrêterait pas.

Au contraire, ça renforcerait ses soupçons.

— Max ! s'écria Adam, tirant un petit portable gris de sous le siège. Pourquoi as-tu apporté ton ordinateur ?

— Pour décoder des fichiers qu'Isabel a copiés sur l'ordinateur du major pendant le week-end, répondit Max. Mais je doute y parvenir. Je n'ai pas le bon software… Et je ne crois pas qu'on trouve ce genre de choses sur Internet.

Adam souleva l'écran du portable et l'alluma. L'ordinateur ronronna.

— Ce n'est pas un logiciel qu'il te faut pour le décoder, dit-il. Quand je vivais dans le complexe, je faisais ça tout le temps.

Il ouvrit un fichier.

A première vue, un charabia incompréhensible…

— Attends un peu, dit Michael. Que veux-tu dire par : « Ce n'est pas un logiciel qu'il te faut pour le décoder » ?

Adam sourit.

— Vous allez aimer ma réponse.

Il adorait faire découvrir un nouveau pouvoir à ses amis. Dans ces moments-là, il n'avait plus l'impression d'être le plus grand bébé au monde, celui qui posait des questions du genre : « C'est quoi, Elvis ? »

— C'est comme le livre que Ray gardait dans son salon, expliqua-t-il. Il suffit de regarder fixement l'écran un moment, et votre cerveau finit par faire le tri tout seul. Alors, vous pouvez lire le fichier.

— C'est sérieux ? demanda Isabel. Ça n'est pas plus compliqué que ça ?

Adam haussa les épaules.

— Eh bien, ça demande une bonne dose de concentration, mais ce n'est pas si difficile.

— Cool ! lança Maria. Nous avons une arme secrète !

Adam prit une profonde inspiration et riva les yeux sur l'écran.

Tu peux y arriver, se dit-il.

Le shérif Valenti n'était pas le candidat idéal

pour l'élection du « père de l'Année ». Mais il avait été parfait dans son rôle d'éducateur. Il avait appris à Adam à utiliser ses pouvoirs de différentes manières – et utilement, même si la plupart étaient violentes. Bien sûr, il lui avait fait croire que ces exercices étaient des « jeux », alors qu'il l'entraînait en réalité à devenir une arme vivante comme on l'eût fait d'un rat de laboratoire…

Utiliser ses pouvoirs pour aider ses amis plutôt que pour anéantir les ennemis de Valenti, voilà qui changeait tout !

Les dix minutes suivantes, Adam regarda fixement l'écran. Ses yeux commencèrent à brûler ; une douleur diffuse se fit sentir à la base de sa nuque.

Rien.

Il n'arrivait pas à déchiffrer le code.

Frustré, il ferma le fichier et en ouvrit un autre.

— C'est si difficile ? demanda Michael.

— C'est le code le plus complexe que j'aie jamais craqué… puissance dix, expliqua Adam.

— Continue, l'encouragea son ami. Toi seul pourras donner un sens à ce galimatias.

Adam hocha la tête, ému. Michael ignorait combien ce qu'il venait de dire le touchait.

Il se concentra sur le nouveau fichier. Après quelques secondes, il se sentit gagné par l'excitation. Les symboles avaient plusieurs niveaux. Les quatre premiers étaient des écrans de fumée destinés à tromper d'éventuels curieux.

Mais le cinquième était lisible.

Adam sentit de la bile remonter dans sa gorge. Il n'arrivait pas à croire que des êtres, sur cette planète, aient pu imaginer… une telle chose.

Il lisait, et eut envie de pleurer, de crier, de s'arracher les cheveux…

Quand il eut terminé, il resta silencieux un moment, s'imprégnant de l'horreur de ce qu'il avait appris. Comment allait-il annoncer cela à ses amis ?

— Euh… les gars ? appela-t-il. J'ai réussi à décoder un fichier…

Il obtint aussitôt toute l'attention du groupe. La manière dont Liz le regardait le rendit nerveux. Il déglutit péniblement et se tourna vers Michael.

— Ce sont les plans d'une arme, dit-il. Une arme chimique.

— Et que fait-elle ? demanda Maria.

Adam ferma les yeux.

— Elle repère les formes de vie extraterrestres… et les détruit.

Le cœur de Maria cognait contre ses côtes pendant qu'elle fouillait dans son sac, à la recherche de son flacon d'huile essentielle de cèdre. Cela l'aiderait à se calmer… Et elle en avait rarement autant eu besoin.

— Une arme chimique ? répéta Isabel d'une voix éteinte.

— Il suffit de libérer le gaz dans l'air. Il a un effet immédiat, répondit Adam. Uniquement sur des cellules extraterrestres.

— Qu'est-ce qui ne tourne pas rond, chez ces gens ? demanda Isabel. Pourquoi nous haïssent-ils à ce point ?

Maria trouva enfin ce qu'elle cherchait, dévissa le bouchon du flacon et le porta à ses narines, essayant d'imaginer qu'elle se promenait au milieu d'une forêt de cèdres.

Tout ce qui s'imposa à son esprit, ce fut l'image des corps sans vie de ses amis.

— Houston, nous avons un problème ! lança Michael. Un de plus…

Maria suivit la direction du regard du jeune homme et vit des lumières. L'une était bleue, l'autre rouge.

Ils étaient suivis par une voiture de police, gyrophare allumé.

Maria renversa le flacon d'huile essentielle de cèdre sur ses genoux et poussa un petit cri.

— Max, tu devrais te garer sur le bas-côté, conseilla Liz.

— Ne pouvons-nous pas plutôt lui crever un pneu, comme avec Kyle ? demanda Adam.

— Ça ne changerait rien, dit Michael. Le

conducteur signalerait l'incident par radio et une autre voiture nous prendrait en chasse.

— Maria, ne peux-tu rien faire contre cette odeur épouvantable ? demanda Isabel. Elle me donne envie de vomir.

— Nous sommes dans une Jeep, répondit Maria sur un ton cassant.

Max ralentit et se gara.

La voiture de police l'imita. Maria n'en crut pas ses yeux quand elle vit le shérif Dodson descendre du véhicule et avancer vers eux. Elle portait quelque chose sous un bras.

Fait-elle partie du Projet Table Rase ? Tient-elle une arme chimique et s'apprête-t-elle à l'utiliser contre nous ?

— Voilà tout ce qu'il nous fallait, murmura Isabel.

Dodson s'arrêta à côté de la voiture et posa sur Maria un regard si froid que la jeune fille eut envie de tout avouer, y compris des fautes qu'elle n'avait pas commises.

— Bonjour ! haleta Maria. Je sais que nous ne sommes pas censés être trois à l'avant, mais la Jeep était le véhicule tout désigné pour partir camper et…

— En effet, vous n'êtes pas censés être trois à l'avant, dit Kasey Dodson. Mais ce n'est pas pour ça que je suis là.

Elle tendit son paquet à Maria, qui le prit machinalement.

— C'est ton sac de couchage. Tu l'as oublié et j'ai promis à ta mère de vous rattraper pour te le donner.

— Oh… Merci…

Kasey Dodson sentit l'huile de cèdre.

— Un parfum intéressant que tu portes là, Maria.

La jeune fille pouffa de rire. Une petite voix lui souffla d'arrêter. Elle se conduisait comme une demeurée ! Mais elle était trop nerveuse pour se contrôler.

— C'est celui de l'huile essentielle de cèdre, dit-elle entre deux hoquets. Je m'en suis renversé dessus ! Je sentirai probablement pendant des jours ! Peut-être jusqu'à la fin de ma vie !

Ferme-la ! s'ordonna-t-elle. *Par pitié, ferme-la et laisse partir le shérif !*

— Tout va bien, Maria ? demanda Kasey Dodson, jetant un coup d'œil dans la Jeep pour dévisager ses occupants.

Le cœur de la jeune fille recommença à battre la chamade. Elle avait un comportement si bizarre que le shérif devait croire qu'elle avait pris de la drogue.

Maria prit une profonde inspiration.

— Oui, tout va bien. C'est juste que… je me sens stupide… De vous avoir fait venir jusqu'ici pour mon sac de couchage et d'avoir renversé de l'huile sur moi.

Elle marqua une pause et leva les yeux vers Kasey Dodson.

— Suis désolée.

— Aucun problème.

Dodson tapota la portière de la Jeep.

— Amusez-vous bien.

Elle fit au revoir de la main et tourna les talons pour rejoindre sa voiture.

Maria se cacha le visage dans les mains et gémit.

— J'ai l'impression d'avoir avalé une paire de chaussures à talons aiguilles, dit Isabel.

— On peut dire qu'on a eu chaud, renchérit Max.

Pour redémarrer, il attendit que Dodson les ait dépassés et ait disparu.

— Maria, dit Michael, je te suggère de vérifier qu'il n'y a pas de mouchard dans ton sac de couchage.

Maria éclata de rire et serra son sac sur sa poitrine.

— Je ne plaisante pas !

Il faisait nuit quand Max gara la Jeep à l'emplacement choisi pour dresser le camp.

Le jeune homme avait aimé d'emblée cet endroit, situé à deux kilomètres environ de la grotte principale, dans une zone appelée Whites City. Un rocher rouge sombre rongé par l'érosion la protégeait du vent. Non loin, des cactus jetaient des ombres étranges au clair de lune.

— Donc, nous campons ici ce soir et visitons les grottes dès leur ouverture, demain matin ? demanda Maria, laissant tomber son sac de couchage.

— Oui, confirma Max. Nous devons avoir un aperçu des lieux avant de nous lancer dans l'aventure.

— Et comment saurons-nous si DuPris est ici ? demanda Liz, sortant la glacière de la Jeep. Il ne faut pas attendre que le guide nous le montre du doigt, comme si c'était une chauve-souris ou une formation rocheuse d'un intérêt particulier.

— Avec de la chance, il utilisera ses pouvoirs pendant que nous sommes dans les parages et nous le repérerons, dit Michael.

Il mit sa veste et tendit son pull à Max.

— Il faudra sûrement aller dans les grottes interdites au public. J'espère que tout le monde est prêt à faire un peu de spéléologie.

— De quoi ? lança Adam.

— D'exploration souterraine, expliqua Michael. (Il secoua la tête.) Je n'arrive pas à croire que je suis avec un type qui emploie le mot « spéléologie » dans une conversation.

Il se tourna vers Adam.

— Je vais allumer un feu. Tu viens m'aider ?

— Sûr ! Que faut-il faire ?

Max ne put s'empêcher de sourire. Parfois, Adam se conduisait comme un chiot avec Michael. Le plus surprenant, c'était que ça ne semblait pas déranger son ami.

— Ramasse des herbes sèches assez épaisses, si tu en trouves, répondit Michael.

Bientôt, leur feu de camp ronfla joyeusement, projetant des étincelles et de la fumée âcre vers le ciel constellé d'étoiles. Les six amis se rassemblèrent autour et chacun sortit la nourriture qu'il avait apportée.

— Que ferons-nous si nous ne trouvons pas DuPris ? demanda Maria. Je veux dire, sans la Pierre de Minuit…

— Sans la Pierre de Minuit, résuma Max, comment ramènerons-nous Alex ?

— Tôt ou tard, nous mettrons la main sur DuPris, affirma Isabel. Je le sais.

— Voilà le genre d'attitude que nous devons adopter, approuva son frère. Nous mettrons la main sur DuPris et nous ramènerons Alex sain et sauf. Nous devons y croire… ou à quoi bon essayer ?

Liz leva les yeux et sourit.

— Tu as raison. Demain, nous ramènerons Alex chez lui !

— Tu as raison, Max, répéta Maria.

Michael frappa dans ses mains.

— A présent que tout est réglé, si on mangeait ?

— M. Sensibilité a parlé, marmonna Isabel.

— Quoi ? fit le jeune homme, les yeux ronds, Alex ne voudrait pas nous voir mourir de faim.

Liz éclata de rire.

— Il marque un point. Alex aimait... (Elle se reprit.) Alex aime manger.

— Moi aussi, répondit Michael.

Il tendit une main vers le Tupperware rempli de nachos provenant de la cuisine du *Crashdown Café*.

— Ils sont à moi, dit-il, serrant d'une main la boîte en plastique sur son cœur et la caressant de l'autre. Rien qu'à moi.

Max ouvrit un sachet de Cosmic Crunch et se fourra une pleine poignée dans la bouche avant de le passer à Liz.

On dirait la veille de l'Apocalypse, pensa-t-il. *Fais la fête aujourd'hui, parce que demain... qui sait ce qui se passera ?*

— Max ? fit la jeune fille, tenant le sachet rouge sans se servir. J'ai apporté des chips de pomme de terre au piment jalapeno et de la sauce de soja. Rien que pour toi.

— Merci, Liz. Mais je crois que je vais faire un petit tour avant d'y goûter.

Liz pinça les lèvres et le cœur de Max se serra.

— Je reviens très vite, promit-il.

Il se leva et s'éloigna à grandes enjambées, avant qu'elle puisse protester ou proposer de l'accompagner.

Il trouva un buisson touffu, non loin de leur camp. Il y avait justement une large pierre plate.

Il s'y assit.

Il devait se connecter à la conscience collective.

Se connecter plus profondément, pour être exact. Car désormais, la connexion était permanente.

Il se concentra, prenant une grande inspiration.

Il n'avait rien dit de sa rencontre avec Alex. Il ne voulait pas inquiéter ses amis, espérant, contre toute logique, que la colère suscitée par la présence du jeune homme sur leur planète d'origine serait de courte durée.

— Pourvu que j'aie raison, murmura-t-il.

Il s'allongea sur le sol et s'ouvrit au maelström d'images qui tourbillonnait en permanence à portée de son esprit. Il attendit d'éprouver le sentiment d'être le bienvenu, comme les fois précédentes.

A la place, il fut enveloppé par un tourbillon de rage. Les êtres qui l'entouraient criaient leur fureur.

Ils exigeaient de voir mourir Alex.

Tout de suite.

CHAPITRE VIII

Isabel se blottit contre l'épaule de Michael, laissant la chaleur du feu de camp la plonger dans une douce torpeur.

Le jeune homme était, à ses côtés, une présence solide et protectrice.

Comme un frère.

— Comment ai-je pu croire une seconde que je voulais sortir avec toi ? demanda-t-elle gaiement à Michael. Ç'aurait été la plus grosse erreur de ma vie !

— C'est sûr. Mais que veux-tu ? Tu es belle et je suis beau !

Isabel se redressa d'un bond.

— Beau ! Beau ? Tu es tellement imbu de toi-même !

— Je suis beau, et vous le savez toutes les deux, dit Michael en souriant à Isabel et à Maria.

— Dieu ! s'exclama Izzy. Tu es encore plus arrogant que moi.

— Ce n'est pas de l'arrogance. C'est la pure vérité.

— Vous entendez ça ? demanda la jeune fille aux autres. Moi je dis que c'est de l'arrogance pure et simple !

— Sans compter qu'il est égocentrique, c'est affreux ! renchérit Maria.

Isabel sourit malicieusement. Maria avait le droit de lancer quelques piques, elle aussi.

— Holà ! s'écria Michael. Inutile de me haïr parce que je suis beau !

— Oh, non, le rassura Maria. (Elle l'examina de la tête aux pieds.) En fait, je reviens sur ce que j'ai dit. Je pense effectivement que tu es beau.

— Eh ! s'écria à son tour Isabel.

— Merci, répondit Michael.

— Et c'est une chance que tu le sois, continua Maria, pince-sans-rire.

Elle se pencha vers lui.

— Parce que si tu n'étais pas aussi beau, nous ne pourrions jamais supporter ta présence. Tu es trop suffisant.

— Vas-y, Maria ! l'encouragea Isabel, impressionnée.

Elle n'aurait jamais cru son amie capable de ce genre de choses !

Michael leva les yeux au ciel et feignit d'ignorer les deux jeunes filles.

— Michael ! Michael ! le nargua Isabel, qui

s'amusait comme une folle. Si suffisant que c'en devient navrant !

— Je n'écoute pas.

— Eh, mais ça rime ! s'écria Maria. Nous pourrions en faire une chanson.

Isabel éclata de rire en voyant Michael s'empourprer.

— Michael ! Michael…, répéta-t-elle en chantonnant. Tellement fier… que j'en suis amère !

— Ça n'a aucun sens, dit le jeune homme, essayant de garder son calme.

— Oh, si ! intervint Adam.

— Michael ! Michael ! fredonna Maria. Si arrogant que les filles le trouvent puant !

— La goutte d'eau qui fait déborder le vase ! cria Michael en prenant le sachet de marshmallows à Adam. Si l'une de vous ajoute un couplet, c'est la guerre !

Oh, pensa Isabel. *Je suis morte de peur.*

— Michael ! Michael ! chanta-t-elle, battant des cils. Si égocentrique que c'en est presque… métaphysique !

Michael lança un marshmallow qui rebondit sur le front d'Isabel.

— Tu es mort !

Pendant qu'il s'esclaffait, elle lui arracha le sachet et sortit une confiserie.

— N'y pense même pas ! l'avertit Michael.

Il ne riait plus.

— Oh, mais tu ne sais pas ce que j'ai l'intention de faire, mon ami…

Elle jeta le marshmallow.

Le projectile passa à un bon mètre de sa cible et se perdit dans le désert – elle n'avait jamais su viser. La jeune fille fit la moue…

L'hilarité de Michael redoubla.

Ah, il osait se moquer de son manque de coordination !

Irritée, Isabel saisit mentalement le marshmallow et lui fit faire demi-tour.

Il frappa Michael sur la nuque.

— A moi ! cria Maria.

Elle ouvrit un deuxième paquet et bombarda Michael.

Le jeune homme ramassa les confiseries tombées autour de lui et bombarda ses deux adversaires.

Liz bondit sur ses pieds pour s'éloigner du champ de bataille.

Adam regardait ses amis sans broncher, une lumière d'intérêt au fond de ses yeux verts.

Alors qu'Isabel esquivait et lançait les projectiles, elle songea que Liz et Adam n'avaient pas le droit de rester neutres.

Elle commença à les viser.

La bataille prit des proportions dantesques. Des cris et des rires retentirent dans l'air nocturne.

Mes amis sont si *puérils*, pensa Isabel en lançant un autre projectile.

Liz tira et son marshmallow rebondit sur le front d'Adam. Aussitôt, elle tourna les talons pour fuir. Mais le jeune homme passa un bras autour de sa taille. Il avait deux marshmallows dans sa main libre, prêt pour les représailles…

Adam fourra les deux confiseries dans la bouche de Liz.

Elle éclata de rire, mais quand elle voulut reprendre son souffle, les confiseries lui restèrent coincées en travers de la gorge.

Elle ne pouvait plus respirer.

Haletante, elle vit l'expression horrifiée d'Adam, qui lui flanqua de grandes tapes dans le dos pendant qu'elle essayait de faire descendre ou remonter les maudits marshmallows.

Je dois respirer ! Mon Dieu, j'étouffe !

Elle déglutit et aspira une grande goulée d'air. Son inspiration se transforma en quinte de toux.

Adam lui massa maladroitement les épaules.

Les mains du jeune homme lui parurent chaudes et réconfortantes.

Il s'assit près d'elle.

— Je suis désolé ! Tellement désolé ! Tu vas bien ?

Il continua à lui masser le dos.

Tous les sens de Liz étaient focalisés sur ce

contact. Elle se sentait étourdie, comme prise de vertiges.

— Qui a eu l'idée de mettre des piquants aux marshmallows ? plaisanta-t-elle.

J'ai déjà ressenti ça quand nous avons dansé ensemble, se souvint-elle, ses pensées se formant lentement. *C'était… bon*.

Elle fronça les sourcils.

Quand Adam et elle avaient-ils donc dansé ensemble ? Puis elle se rappela son rêve.

Adam était là. Il avait dissipé son cauchemar.

— Tu t'es infiltré dans mes rêves !

— Liz, je suis désolé, dit-il d'une voix douce, son souffle lui caressant l'oreille.

Sa voix basse la fit frissonner.

— Je ne voulais pas t'espionner, je te le promets. C'est juste que…

— N'y pense plus.

La jeune fille bondit sur ses pieds.

— Je vais apporter des marshmallows à Max, annonça-t-elle.

Elle attrapa un paquet. Il était presque vide.

— Il les adore…

Elle s'éloigna d'une démarche mal assurée.

Les choses devenaient… *compliquées* entre Adam et elle.

Elle devait voir Max.

Immédiatement.

Mais où était-il passé ?

Elle avait cru qu'il voulait trouver un coin tranquille, à l'écart de l'agitation, pour se connecter à la conscience collective. Mais il n'était toujours pas revenu…

Liz avait conscience d'être jalouse d'êtres qui vivaient sur une planète très lointaine. Pathétique !

Elle continua de marcher, essayant de s'inspirer du calme qui régnait dans le désert et de ne pas paniquer. Le sol craquelé crissa sous ses pas quand elle décrivit un large cercle autour de leur feu de camp.

La jeune fille allait abandonner ses recherches – ou crier d'angoisse – quand elle repéra enfin son petit ami. Assis en tailleur sur une pierre plate, derrière un buisson, il lui tournait le dos. Une lumière argentée diffuse semblait émaner de lui.

— Max…

Liz se figea dès qu'elle vit son visage. Ses yeux grands ouverts étaient inexpressifs. Il semblait si détendu qu'on eût dit qu'il portait un masque.

Liz frissonna. Elle savait qu'il était connecté à la conscience collective, mais le voir comme ça, si immobile, si… *vide*…

Un instant, elle eut envie de le secouer jusqu'à ce qu'il revienne à lui. Mais il serait certainement contrarié si elle intervenait et elle ne voulait pas qu'il se fâche contre elle.

Liz tourna les talons en soupirant et revint sur ses pas.

Pourquoi n'avait-elle pas simplement trouvé Max en train de parler avec une jolie fille ? Elle aurait su comment agir.

Approchant du feu de camp, elle hésita à rejoindre ses amis. Adam était là et… ça n'était pas vraiment une bonne idée.

Je ferais mieux d'aller dormir, se dit-elle en se dirigeant vers leurs sacs de couchage. *De toute façon, demain sera une journée très chargée.*

En se glissant dans son duvet, Liz se sentit terriblement déçue. Ça n'était pas comme ça qu'elle imaginait passer la nuit quand elle avait entendu parler de cette excursion ! Elle avait pensé s'endormir contre Max, après un tendre tête-à-tête sous les étoiles – follement romantique, quoi.

La réalité était différente.

Liz ferma les yeux. Elle s'exhorta à cesser de rabâcher ses griefs et à dormir.

Mais une pensée s'imposa à elle. Adam lui rendrait-il de nouveau visite dans ses rêves ?

Même si la nuit avait fraîchi, Michael avait les joues rouges. La bataille de marshmallows lui avait fait du bien.

Il ramassa quelques friandises poussiéreuses et les jeta dans le feu de camp, où elles se consumèrent en grésillant.

— Dommage… Il n'en reste plus à faire griller.

Dire que je m'étais fait une joie d'en manger. Quel gâchis !

— Quel gâchis ? répéta Isabel avec un grand sourire pour Maria. Moi, je suis satisfaite. Nous l'avons emporté sur les garçons.

— Dans tes rêves ! lança Michael. Toutes les deux, vous vous êtes planquées. Adam et moi, en revanche, nous avons magnifiquement dominé la situation. Pas vrai ?

— Exact, dit Adam sans grand enthousiasme.

Michael eut pitié de son ami. Liz était partie précipitamment au milieu du conflit. Or, Adam s'était amouraché d'elle. Ça crevait les yeux.

Michael ne souhaitait pas que Max et Liz rompent. Max était son meilleur ami, et Liz et lui formaient un couple sensationnel. Et il savait ce que cela faisait d'avoir le cœur réduit en miettes.

Mais il ne voulait pas repenser à Cameron !

— Menteurs ! dit Maria. Isabel et moi vous avons battus à plate couture ! Notre bombardement a eu raison de vous.

— Les garçons ne connaissent rien à l'art du combat, ajouta Isabel. Ils se croient terriblement forts, avec leurs jeux de guerre… Mais quand il s'agit de vrais combats, les filles gagnent à tous les coups ! Pensez plutôt au vieux proverbe : « Rien n'est plus dangereux qu'une femme blessée ».

— Cause toujours ! lança Michael. Si Alex était ici, nous aurions…

Il ne termina pas sa phrase. Mentionner Alex était une erreur. L'atmosphère joyeuse due à leur bataille de marshmallows n'était plus qu'un souvenir.

Tous baissèrent les yeux.

— Eh ! reprit Michael, essayant de rattraper sa bourde. Vous vous souvenez des listes que faisait Alex ?

— Comme celle sur les « Dix plus mauvaises idées commerciales » ? demanda Maria. Une de mes préférées…

— Oui, continua Michael. Alors, j'ai pensé…

— Quelle était l'idée numéro un ? coupa Isabel.

— Les dessous féminins sur lesquels sont brodés les noms des jours, répondit Maria. Alex a vraiment l'esprit tordu.

— Hé ! cria Michael, essayant d'attirer l'attention.

Ses amis se tournèrent vers lui.

— Je disais : ça fait longtemps que le site web d'Alex n'a pas été modifié. Il est resté en l'état depuis que notre ami a été aspiré par le vortex. Alors, nous pourrions peut-être…

— Le mettre à jour ! s'écria Maria. Oui, ça montrerait que nous pensons toujours à lui. Comme s'il était encore parmi nous !

— Une idée géniale, grommela Michael, sarcastique. Pourquoi n'y ai-je pas pensé moi-même ?

— Nous avons l'ordinateur de Max, dit Adam.

Il sortit le portable de son étui.

— Nous ne pouvons rien télécharger sans ligne téléphonique. Mais dresser une liste et la mettre sur Internet à notre retour, ça, c'est possible, dit Isabel.

Maria battit des mains.

— D'accord, allons-y. Qui a une idée de liste ?

— Les « Dix meilleures sortes de pains grillés » ? suggéra Adam. Il y a le complet, celui au jambon…

— Non, coupa Isabel. Suggestion suivante.

— Eh bien…, commença Maria, que pensez-vous des « Dix meilleurs jours fériés de l'année » ? Nous pourrions commencer par…

— Non, dit Michael. Ça doit être plus… percutant. Pourquoi pas les « Cinq voitures étrangères les plus cool » ?

— Parce que tu trouves ça *percutant*, toi ? demanda Maria.

— Je parle de voitures *étrangères*, souligna Michael.

— C'est débile ! lança Isabel. Faisons plutôt une liste des « Dix façons de gagner le cœur d'un garçon ». C'est une idée géniale, non ?

— Géniale ? s'étonna Maria. Pour Alex ? Son père et ses frères le tueraient s'il écrivait une chose pareille ! Alex est un garçon sensible, mais pas à ce point-là !

— Je retire ce que j'ai dit, capitula Isabel.

Ils se turent un long moment, les yeux dans le vague.

C'est plus difficile que je ne l'aurais cru, pensa Michael.

Pas étonnant qu'Alex ait passé son temps à réécrire ses listes.

— Personne n'a une autre idée ? demanda Maria.

Ses amis ne répondirent pas.

— Nous ferions mieux de laisser tomber, dit Isabel. Essayer de penser comme Alex me fait sentir plus cruellement son absence.

Michael hocha la tête.

Impossible de penser comme Alex.

Parce qu'il n'y en avait qu'un comme lui.

CHAPITRE IX

Adam respira à pleins poumons l'air froid et humide de Carlsbad et sourit. Les cavernes sombres lui donnaient l'impression d'être rentré chez lui.

Une idée malsaine… Hélas, c'était la vérité.

Comme prévu, Adam et ses amis étaient parmi le premier groupe du matin. La Visite Rouge faisait descendre les touristes en ascenseur. Ils avaient préféré la Visite Bleue, qui empruntait un sentier sinueux de l'entrée des grottes jusqu'à la fameuse Grande Salle, au cœur du monde souterrain.

Ils restaient sciemment en queue du groupe, au cas où ils devraient s'éclipser discrètement.

Non loin de l'entrée, ils avaient vu les peintures amérindiennes vieilles d'un millier d'années. Puis ils étaient passés dans diverses grottes de taille moyenne, suivant un chemin asphalté où ils avaient pu admirer des formations calcaires fantastiques.

Leurs noms résonnaient encore dans la tête d'Adam : l'Iceberg de Pierre, la Statue voilée de la chambre du Lac Vert, les Pailles dans un Verre de Soda de la Chambre des Papous, les Sculptures rocheuses du Palais du Roi…

Il pressa le pas pour rejoindre le groupe.

Ils traversaient le Hall des Géants, où les formations rocheuses atteignaient la taille d'un immeuble de six étages.

Soudain, Adam s'arrêta.

Il avait senti quelque chose… un fourmillement, comme si on faisait courir une plume le long de sa colonne vertébrale.

Quelqu'un utilisait des pouvoirs que ne possédait aucun humain.

Le picotement n'était pas assez fort pour qu'Adam puisse localiser sa source, mais cela venait des environs. Dans les grottes.

Adam se précipita vers ses amis ; il posa une main sur l'épaule de Michael, le forçant à s'arrêter.

— Je crois que DuPris est ici, murmura-t-il.

— Où ? demanda Michael. Comment le sais-tu ?

— Tu n'as rien senti ? Il a utilisé ses pouvoirs.

— Chut ! Pas si fort, avertit Max.

Il fit signe à Adam et à Michael de le suivre derrière un rocher, à l'écart du groupe de visiteurs. Liz, Maria et Isabel emboîtèrent le pas aux garçons.

— Qu'as-tu senti, Adam ? demanda Max quand ils furent à l'abri des regards indiscrets.

— Un fourmillement..., expliqua Adam. J'ai senti quelqu'un utiliser ses pouvoirs, mais je serais incapable de dire d'où ça venait. Aucun de vous n'a capté quelque chose ?

— Moi, non, admit Michael. Mais tes pouvoirs sont plus développés que les nôtres.

Ils avaient besoin de lui. Le jeune homme se rengorgea.

— Continuons la visite comme si de rien n'était, décida Max. Rejoignons le groupe. Agissons avec naturel.

« Adam, si tu sens de nouveau quelque chose, tu nous avertis immédiatement, d'accord ?

— Promis.

Adam resta à côté de Liz. Ils retrouvèrent leur groupe au moment où il entrait dans la Grande Salle – la deuxième grotte la plus vaste au monde. Leur guide précisa que la première était à Bornéo.

Adam leva la tête pour apercevoir la voûte. C'était... gigantesque. S'il n'avait pas fait si noir, il aurait eu du mal à croire qu'il était sous terre.

Les responsables du site avaient fait du bon boulot en disposant des lumières autour de la grotte. La voir en détail restait impossible, mais les principales formations rocheuses étaient éclairées, leurs couleurs et leurs formes extraordinaires soulignées par la lumière crue des ampoules jetant des ombres mystérieuses sur les parois.

La vue était à couper le souffle. Bizarrement, ses yeux ne cessaient de se tourner vers la jeune fille, près de lui.

Une autre vision à couper le souffle…

Pendant que le guide leur faisait faire le tour de la Grande Salle, les emmenant vers une bulle dans la roche appelée la Grotte Peinte, Adam sentit de nouveau le picotement familier provoqué par l'utilisation de pouvoirs semblables aux siens.

Il s'arrêta net.

Liz se tourna vers lui.

— Tu l'as de nouveau capté ?

Adam ouvrit la bouche, mais une décharge d'énergie brûlante comme de la lave le frappa au cœur avant de se diffuser dans toutes les molécules de son corps. Tétanisé, il ferma les yeux avec l'espoir absurde de lutter contre la douleur…

La souffrance était atroce.

Pitié ! Que quelqu'un fasse quelque chose !

Comme par miracle, la douleur cessa.

Adam prit une longue inspiration saccadée. Ses yeux étaient secs et irrités, comme s'il avait traversé une tempête de sable. Après quelques battements de paupières, il regarda autour de lui. Max avait une main pressée sur la poitrine, à l'emplacement du cœur. Isabel s'agrippait au bras de son frère, les yeux clos. Les poings serrés, Michael fixait Adam, encore sous le choc.

— Que s'est-il passé ? demanda Maria.

— Cette fois, vous l'avez tous senti, constata Adam.

— Oh, ça oui ! dit Michael.

— Et si je ne devais plus refaire ce genre d'expérience de ma vie, je ne m'en porterais pas plus mal, renchérit Isabel, qui s'accrochait toujours à son frère. Qu'était-ce ?

— DuPris, répondit Adam. Avec la Pierre de Minuit. Cette fois, c'était tout près…

Liz glissa sa main dans celle de Max.

— Ça va ? lui demanda-t-elle.

La tendresse de son ton fit presque aussi mal à Adam que la décharge qu'il venait d'encaisser.

— Le groupe va nous semer, dit-il. Ne devrions-nous pas le rattraper ?

— Non, répondit Max. Je crois que nous sommes sur le point de trouver ce que nous venons chercher. L'un de vous sait-il d'où venait la décharge ?

Adam ferma les yeux et s'efforça de se remémorer le choc – pour localiser la source de l'« attaque », il devait la revivre.

— Par ici, dit-il, désignant un tunnel qui partait de la Grande Salle.

Ce boyau était si raide que l'asphalte qui le

couvrait était antidérapant. Des prises y avaient été aménagées.

— Ça venait de là.

— Allons-y, dit Michael.

Adam commença à descendre, ses amis sur les talons. Le sol était pentu et très glissant. Et il s'attendait d'un instant à l'autre à recevoir une autre décharge…

Mais ça n'arriva pas.

Adam n'était pas mécontent de servir de guide à ses amis. Ce rôle lui plaisait même beaucoup.

Il baissa la tête pour éviter une stalactite et en contourna une autre, qui tombait le long de la paroi comme un rideau de pierre. Là, il dut s'arrêter. Une chaîne interdisait l'accès d'un tunnel obscur.

— Que faire ? demanda Adam.

— Continuons, décida Max. Pas question de s'arrêter si près du but.

Adam enjamba la chaîne.

— Hé ! cria quelqu'un dans le tunnel. Vous n'avez pas le droit de pénétrer dans cette zone !

Adam ramena sa jambe du « bon » côté de la barrière.

Un jeune gardien en chemise brune et pantalon vert accourut. Ses traits presque enfantins avaient une expression sévère.

Quand il fut tout près, Isabel leva vers lui ses grands yeux innocents et lui sourit.

— Nous sommes désolés, dit-elle. Nous ignorions que nous n'avions pas le droit. Ne vous inquiétez pas, nous resterons sur le chemin balisé.

— Ça vaut mieux ! Certains tunnels sont dangereux. Et quitter le chemin est puni par la loi.

— Puni par la loi ! glapit Maria.

— Ces grottes font partie du Patrimoine mondial, mademoiselle. Trop de passage pourrait les détériorer irrémédiablement.

— Aucun problème. Nous ne cherchons pas d'ennuis, assura Michael.

Il remonta le tunnel en pente.

Adam emboîta le pas à ses amis, non sans une certaine réticence. Ils étaient si près du but ! Pourquoi avait-il fallu que ce gardien passe justement par là ?

Mais ils avaient des raisons d'espérer. DuPris était bien ici, dans les cavernes de Carlsbad.

Illégal ou pas, Adam savait que ses amis ne renonceraient pas si facilement à retrouver le renégat.

— C'est enfin l'heure ? demanda Maria.

Elle avait déjà posé une demi-douzaine de fois la question. Mais à force de penser à leurs… retrouvailles… avec DuPris, elle allait devenir folle.

Et elle était cruellement à court d'huile essentielle de cèdre.

Max jeta un coup d'œil à sa montre.

— Nous allons pouvoir y aller. La dernière visite s'est terminée il y a une heure et demie.

Maria laissa son regard errer sur le paysage désertique.

Ses amis et elle étaient à une centaine de mètres du parking des grottes, derrière une mesa. Il leur avait fallu plusieurs heures pour sortir et trouver la cachette idéale où attendre la fermeture.

— Tout le monde est prêt ? demanda Max.

Maria prit la main de Liz. Adam lui saisit l'autre.

La jeune fille regarda Michael, qui lui faisait face dans le cercle. Elle aurait aussi aimé lui tenir la main, mais ce geste aurait réduit à néant ses résolutions. Elle ne pourrait pas continuer de penser à lui comme à un ami si elle le touchait.

— Tu es sûr que tu veux faire ça, Max ? demanda Michael. Tu ne nous as téléportés qu'une fois et…

— Et tu es encore un peu faible, renchérit Liz.

— J'y arriverai, répondit Max.

Avec une si belle assurance que la peur de Maria disparut. Jusqu'à ce que Michael émette des doutes, elle n'avait pas mesuré à quel point elle était tendue.

Michael hocha la tête, puis prit la main de son ami, complétant le cercle. La force de la connexion envahit Maria ; elle accueillit avec joie le sentiment de réconfort qui l'accompagnait.

Leurs auras – le vert émeraude de Max, le rouge foncé de Michael, l'ambre de Liz, le violet profond d'Isabel, le jaune brillant d'Adam et son propre bleu scintillant – se mêlèrent, formant un arc-en-ciel unique.

Maria n'était pas sûre du terme à employer quand il s'agissait de l'étrange méthode de transport utilisée par Max. Elle avait entendu DuPris parler d'une *lavila* – une forme de téléportation, sans doute. Mais elle ignorait si le mot désignait le pouvoir ou sa manifestation.

Elle fit le vide dans sa tête et commença à sentir son corps… s'éparpiller.

Max faisait son… truc.

Il les désassemblait molécule par molécule.

Un moment, Maria eut l'impression d'être devenue une colonne de fumée.

Sa tête tourna quand elle s'avisa qu'elle voyait *à travers* les corps de ses amis. Sentir ses molécules s'éparpiller était terrifiant.

Maria se concentra sur Michael, savourant la sensation que faisait naître en elle son aura qui frôlait la sienne – et recouvra son calme.

Isabel soupira de soulagement quand elle se rematérialisa devant le tunnel défendu par une chaîne, dans les grottes.

Max avait encore réussi.

Bien sûr, elle n'avait jamais douté de lui, mais être de nouveau entière la ravissait.

— Bon travail, dit Michael.

— Merci, répondit Max, épuisé.

Inquiète, Isabel jeta un coup d'œil à son frère. Il semblait toujours si maître de lui qu'oublier à quel point ce genre d'exercice lui coûtait était facile.

Elle faillit lui demander s'il allait bien. Mais elle n'en fit rien. Il en avait assez de s'entendre poser cette question. Elle pouvait le comprendre.

— Allez, les amis ! dit Isabel. Retrouvons ce psychopathe et finissons-en une bonne fois pour toutes.

— Isabel, tu ne changeras jamais, commenta Max avec un petit sourire.

Puis il se tourna vers Adam, l'invitant du geste à prendre la tête.

— C'est toi qui as découvert ce tunnel. A toi l'honneur.

Adam hocha la tête. Il jeta un coup d'œil inquiet autour de lui, puis enjamba la chaîne.

Maria et Liz allumèrent leur lampe de poche dès qu'elles eurent pénétré dans le tunnel. Isabel sourit. Adam, Michael, Max et elle voyaient mieux dans l'obscurité qu'en plein jour. Mais marcher dans le noir devait avoir quelque chose de terrifiant pour ses deux amies.

Ah, à propos…

Elle sortit sa lampe de poche et l'alluma. Michael l'imita.

— L'un de vous sent quelque chose ? demanda Adam. Moi, je ne capte rien du tout.

— Moi non plus, dit Michael d'une voix mal assurée.

Isabel n'était pas mécontente. Elle n'avait aucune envie de refaire l'expérience.

— La décharge de pouvoir venait de quelque part devant nous…, dit Adam. Je pense être dans la bonne direction, mais je peux me tromper.

— Continue, conseilla Isabel. Nous trouverons DuPris.

— Oui, renchérit Max, qui marchait derrière sa sœur. Nous avons toute la nuit devant nous.

— Les gars ! appela Michael. Attendez une seconde !

— As-tu senti quelque chose ? demanda Max.

— Non, j'ai *vu* un truc. (Michael braqua le faisceau de sa lampe de poche sur le sol humide.) Regardez. Quelqu'un est passé par là…

Sous la lumière crue de la torche, ils découvrirent une empreinte de pas.

Le cœur d'Isabel bondit dans sa poitrine.

— Bon travail, Sherlock, plaisanta Maria d'une voix que la nervosité faisait vibrer. Aurais-tu attendu que nous ayons le dos tourné pour t'inscrire chez les scouts ?

— Elle pourrait être là depuis longtemps, dit

Isabel. Nous n'avons aucun moyen de nous assurer que cette empreinte est récente. Ici, rien ne bouge pendant des décennies… voire des siècles.

— C'est peut-être bon signe, souffla Liz. L'empreinte de DuPris, qui sait ?

Elle se tut, comme frappée par l'énormité de ce qu'elle venait de dire.

— Ou doit-on considérer cette éventualité comme un mauvais présage ?

Adam s'agenouilla près de l'empreinte de pied botté et la toucha du bout de l'index.

Isabel sentit une petite décharge d'énergie ; au-dessus de l'empreinte, l'air commença à luire.

La jeune fille fit un pas en arrière.

Une silhouette transparente apparut bientôt au-dessus de l'empreinte. Une sorte d'hologramme qui brillait dans le tunnel comme un fantôme.

— Mon Dieu ! souffla Isabel. Comment as-tu… ?

L'hologramme représentait M. Manes. Il était passé dans ce tunnel.

— Ça n'est définitivement pas bon signe, conclut Maria.

— Que vient faire le major dans ces grottes ? demanda Liz. Est-il aussi à la recherche de DuPris ?

— Qui sait ? répondit Michael. Mais après avoir trouvé les plans d'une arme chimique dans ses fichiers, ce n'est pas le genre d'individu avec qui j'apprécie d'être enfermé sous terre.

Notre ennemi est ici, avec nous, pensa Isabel. *Comme si DuPris ne suffisait pas…*

— Que décidons-nous ? On continue ? demanda Max.

— Il le faut, répondit Isabel.

S'ils voulaient sauver Alex, ils devaient avancer, coûte que coûte.

— Très bien. Suivons les empreintes, dit Max. Si le major est également à la recherche de DuPris, il nous mènera peut-être à lui.

— Allons-y ! dit Michael.

Adam reprit la tête du groupe, mais il n'était plus le guide. C'était maintenant le major Manes.

Soudain, les grottes parurent plus terrifiantes à Isabel…

Adam les fit passer par une série d'étroites ouvertures. Puis ils débouchèrent dans une grande caverne.

Un instant, Isabel fut heureuse de recouvrer un peu d'espace.

Puis elle poussa un cri ; une douleur vive lui vrilla le cœur. Elle s'écroula, la peur au ventre. Sa gorge la brûlait. Elle avait du mal à respirer.

Une odeur âcre planait dans l'air. Comme un produit chimique.

Isabel entendit Max tousser.

Elle regarda autour d'elle, mais ne put focaliser sa vision sur rien.

— L'arme chimique ! cria Liz… Il faut que nous les sortions d'ici !

Puis Isabel n'entendit plus rien.

CHAPITRE X

Liz se pétrifia pendant que Max, Isabel, Michael et Adam s'écroulaient les uns après les autres.

Son pire cauchemar devenait réalité ! C'était horrible à voir. Leurs yeux roulèrent dans leurs orbites, puis leurs corps devinrent inertes comme si quelqu'un en avait aspiré leur essence vitale.

Maria cria, rompant le sortilège. Liz recouvra l'usage de ses membres et passa en mode « situation de crise ».

Si Maria et elle étaient toujours debout, quelqu'un – probablement le major – avait utilisé une des armes chimiques dont Adam avait découvert les plans dans les fichiers codés. Liz devait secourir ses amis !

Elle s'était toujours demandé ce qu'elle aurait pu faire si elle avait été présente quand sa sœur Rosa avait succombé à une overdose. Aujourd'hui, elle avait une occasion de le découvrir. Regarder ses amis mourir sans rien tenter était exclu !

— Prends Max par les jambes, Maria ! Nous devons l'emmener loin d'ici ! Vite !

Maria obéit aussitôt.

Liz prit son petit ami sous les aisselles et le tira en arrière.

En emmenant Max dans une aire plus élevée que la voûte de la grotte où le poison avait été lâché, elle espérait le sauver. La plupart des gaz ne montaient pas.

Espérons que cette arme chimique obéisse aux mêmes règles…

Pour plus de sûreté, elles portèrent Max au-delà de la série d'ouvertures par où ils s'étaient faufilés.

Quand elles le posèrent sur le sol, Liz n'avait aucune certitude. Max était-il vraiment hors de portée du champ d'action de l'arme ? Le gaz était incolore et inodore. Et il n'avait aucun effet sur elle. Comment savoir !

Liz dévisagea anxieusement son ami. Allait-il revenir à lui ?

— Liz ! cria Maria.

Elle releva vivement la tête. Elle devait abandonner Max là pour l'instant.

— Allons-y…

Elle courut vers les autres.

— Isabel d'abord !

— Mais, Michael…, gémit Maria.

— Pas de « mais ». Nous devons les emmener dans l'ordre. De tous, Max est le plus faible.

Michael est plus fort qu'Isabel, il peut donc attendre un peu plus qu'elle. Adam étant le plus résistant des quatre, nous le sortirons le dernier.

Les pouvoirs d'Adam étaient plus développés que ceux de ses congénères, mais cela influait-il sur sa résistance physique ?

Elle l'espérait ardemment.

Quand elles arrivèrent dans la grotte où elles avaient laissé leurs amis, Liz se concentra sur Isabel. Et rien que sur elle.

Surtout, elle ne devait pas penser à Max.

Ni à Adam.

Elle s'agenouilla près d'Isabel et lui souleva les chevilles. Maria la prit par les poignets. Puis elles repartirent le long de l'étroit tunnel. Vers la grotte où elles avaient laissé Max.

A la seconde où Isabel fut allongée à côté de son frère, Liz se concentra sur Michael. Elle courut vers lui sans ralentir, même en franchissant les étroites ouvertures. Elle ignora la brûlure qui lui ravageait les poumons et s'aperçut à peine qu'elle s'était blessée à l'épaule contre une petite saillie rocheuse.

Tout ce qui comptait, c'était Michael.

— Vite ! cria Maria en se baissant pour saisir les chevilles du jeune homme.

Michael faisait un sacré poids mort... Il leur sembla que des heures avaient passé entre le moment où elles l'avaient soulevé de terre et celui où elles le posèrent à côté d'Isabel.

— Il en reste un ! cria Liz en guise d'encouragement, alors qu'elle repartait en courant.

Les muscles de Liz protestèrent quand elle saisit Adam sous les aisselles. Elle ignora la douleur tout au long du chemin.

Quand Adam fut allongé près de ses amis sur le sol humide et froid de la grotte, Liz se laissa tomber à côté de Max. Hors d'haleine, elle lui prit le visage entre ses mains.

— Réveille-toi ! S'il te plaît, Max !

Il avait les doigts aussi froids que de la glace. Le cœur de Liz faillit s'arrêter. Il ne pouvait pas…

Max haleta. Puis il ouvrit les yeux.

Liz éclata en sanglots.

Isabel prit appui sur les coudes. Michael s'agita.

Liz posa un baiser sur le front de Max, puis alla voir Adam.

Il ne respirait plus.

— Mon Dieu !

Maria et elle l'avaient laissé exposé au gaz mortel trop longtemps. Elles n'avaient pas été assez rapides.

Liz pressa son oreille sur la poitrine d'Adam, certaine qu'elle n'entendrait plus battre son cœur.

S'il te plaît, Adam ! Prouve-moi que j'ai tort…

Pas le moindre battement. Puis, elle en capta un, faible, timide.

Liz plaça une main devant la bouche et les narines de son ami. Il ne respirait toujours pas. Si elle voulait qu'il vive, elle devait lui faire du bouche-à-bouche.

Sans hésiter, elle lui pinça le nez, puis approcha sa bouche de la sienne.

Adam s'éveilla avec l'impression étrange qu'on lui insufflait de l'air dans les poumons. En trois temps.

Puis il réalisa que les lèvres de Liz étaient sur les siennes. Il ne savait pas pourquoi. Mais c'était… bon.

Les lèvres de Liz étaient infiniment douces… Il avait beaucoup pensé – rêvé – à la bouche de la jeune fille, mais il ne l'aurait jamais crue si tendre.

Quel goût avait-elle ?

Il passa sa langue sur la lèvre inférieure de Liz.

Qui se redressa, surprise.

Adam s'assit, suivant la jeune fille et refusant que le contact soit rompu. Elle se pencha et le serra dans ses bras.

Adam enfouit son visage dans les cheveux de Liz et lui rendit son étreinte.

— Tu es vivant !

Peu sûr de sa voix, Adam hocha la tête. Et le

regretta aussitôt, car il faillit s'évanouir. Après quelques instants, le vertige passa.

Derrière Liz, il vit Max, Isabel et Michael se lever péniblement.

— Que… s'est-il passé ? demanda-t-il.

Liz sourit et lui caressa amicalement le bras. Adam eut envie de s'allonger contre elle et de s'endormir.

— Je crois que vous avez fait connaissance avec l'arme chimique décrite dans les plans volés au major, répondit Liz.

— Tu as sans doute raison, dit Max.

— Eh bien, fit Michael, nous savons maintenant que cette arme fonctionne. Je me suis évanoui avant de comprendre ce qui m'arrivait.

— Beurk ! lança Isabel. Ça laisse un affreux arrière-goût au fond de la gorge. Je m'en serais volontiers passée.

Adam aussi se sentait nauséeux, mais ses idées redevenaient claires.

— C'est toi qui nous as sauvés, Liz ? Tu nous as emmenés loin du gaz ?

— Je n'étais pas seule. Maria m'a aidée…

Max se glissa près de Liz et la prit dans ses bras. Elle se pelotonna contre lui.

Adam se força à regarder ailleurs. Inutile de se torturer ainsi.

— Que faisons-nous, maintenant ? demanda Max.

— Nous rentrons ! dit Maria. Tu nous sors d'ici sous forme de molécules. Nous reviendrons quand vous serez remis de cette mésaventure.

— Je suis d'avis de continuer, déclara Isabel. C'est notre seule chance de mettre la main sur DuPris. Nous ne pouvons pas la rater, pas avec le retour d'Alex dans la balance.

— Tu as failli mourir, Isabel ! lui rappela Maria.

— Ça n'est pas la première fois...

La voix d'Isabel était dure, mais en voyant les éclairs blancs qui zébrèrent son aura violette, Adam sut qu'elle était terrifiée.

— Nous ne sommes pas au bout de nos peines, ajouta Michael. Et je veux qu'Alex revienne parmi nous au plus vite. Je suis d'avis de continuer.

— Moi aussi, approuva Max. Ce gaz agit rapidement, mais ses effets, quand ils ne sont pas mortels, se dissipent presque aussi vite. Allons-y !

— Oui, finissons-en ! renchérit Liz.

— Adam ? demanda Max. Que veux-tu faire ?

Adam se sentit plus coupable que jamais. Max le traitait en égal et il ne pensait qu'à une chose : lui voler sa place dans le cœur de Liz.

— Essayons de trouver DuPris, répondit-il. Et le major. Jusqu'ici, ils s'en sont tirés à trop bon compte.

— Parfait, conclut Maria. Puisque tout le monde est d'accord, agissons et ramenons Alex !

Adam reprit la tête du groupe, cherchant un passage où l'air ne risquerait pas de les tuer, lui et ses amis extraterrestres. Après avoir passé sa vie à parcourir les couloirs du complexe souterrain où il avait grandi, il était sans doute le plus susceptible de retrouver son chemin dans le dédale de tunnels.

Alors qu'il enjambait une formation de calcaire pétrifiée, il sentit de nouveau la décharge de pouvoir qui avait failli le terrasser dans la Grotte Peinte… Cette fois, il était prêt à lutter.

Il repoussa l'attaque. Quand ce fut terminé, il jeta un coup d'œil par-dessus son épaule, pour voir comment les autres s'en étaient sortis. Isabel, Max et Michael semblaient secoués, mais eux aussi avaient trouvé la force de résister.

— Nous sommes tout près, dit Adam.

— Tout près, répéta Max.

Adam courut vers la source de la décharge.

Les autres le suivirent.

Mais il n'alla pas très loin. Ils étaient dans un cul-de-sac.

— C'est par là ! cria Adam. Je le sais !

— Oui, mais il va falloir traverser cette paroi…, dit Michael. Les amis, vous sentez-vous assez forts pour ce tour de passe-passe ?

— Connectons-nous ! lança Isabel.

Adam tendit une main à Max, l'autre à Isabel. Michael compléta le cercle.

La connexion fut instantanée, aussi facile à établir que s'ils avaient fait ça toute leur vie.

Prêts ? demanda Adam.

Prêts !

Ils devaient ne pas trop brusquer la roche, ni la creuser trop, pour ne pas faire écrouler la galerie. Adam se servit de ses dons pour donner à leur pouvoir la forme d'un faisceau d'énergie. Ils créèrent un réservoir, retenant leur force un moment…

Maintenant ! ordonna Adam.

Ils braquèrent le faisceau sur la paroi.

L'explosion fut assourdissante. Des nuages de poussière et de débris tourbillonnèrent autour des six amis.

Puis la poussière se déposa sur le sol.

— Le vaisseau ! cria Isabel.

Le métal de la coque semblait miroiter et onduler. Il suffisait de regarder pour comprendre que ce navire n'avait pas sa place sur la Terre, pas plus qu'un personnage de dessin animé dans les rues de Roswell.

Adam lâcha Isabel. Max fit un pas en avant. Puis il s'immobilisa.

Elsevan DuPris se tenait à l'autre bout de la grotte, la Pierre de Minuit au creux de sa paume.

— Monsieur Manes ! cria Liz.

— Quoi ? s'écria Adam, faisant volte-face.

Derrière lui, il découvrit le major.

Liz se jeta sur l'homme qui faisait deux fois son poids, essayant de retenir son bras.

Adam n'hésita pas une seconde. Il vola au secours de son amie.

— Non, Adam ! cria Liz.

Il vit M. Manes pointer quelque chose sur sa poitrine.

Un éclair aveuglant jaillit à l'instant où le jeune homme comprit que Liz avait essayé de lui sauver la vie… Une fois de plus.

Puis tout devint noir.

CHAPITRE XI

Michael vit Adam s'écrouler, de la fumée s'élevant de sa poitrine. Il releva la tête pour foudroyer du regard ses deux plus grands ennemis. Lequel attaquer le premier ?

DuPris, un extraterrestre originaire de la même planète que lui mais qui ne faisait aucune différence entre le bien et le mal…

Ou le major Manes, un des hommes de l'atroce Projet Table Rase.

Il les voulait tous les deux…

Mais Adam était tombé. Pour l'instant, le reste attendrait.

Michael courut vers Adam et s'agenouilla. Il devait se connecter à lui. Vite !

Des cris retentirent. Michael les ignora. Il se concentrait.

Il modula son énergie psychique pour qu'elle corresponde à l'aura du jeune homme.

Oui, il y était. Son ami et lui ne faisaient plus

qu'un. Maintenant, restait à réparer les dommages infligés au corps d'Adam – à *leur* corps – par l'arme du major. Et à espérer que l'ancien militaire ne tournerait pas son arme contre Michael.

La conscience collective donna libre cours à sa rage et à sa soif de vengeance dès qu'elle aperçut DuPris à travers les yeux de Max.

Un instant, le jeune homme craignit qu'elle ne reprenne le contrôle de son corps... Comme quand il avait failli tuer le renégat de ses mains, dans leur grotte-refuge, à Roswell.

Max attendit que la conscience collective le submerge, mais cela n'arriva pas. Pour une raison inconnue, les êtres qui la composaient restèrent à l'écart... Mais ils continuaient de projeter dans l'esprit du jeune homme des images qu'il préférait ne pas analyser.

Isabel vint près de lui, prête à joindre ses pouvoirs aux siens. Mais il savait que ça ne suffirait pas. Avec Michael, Liz, Maria et Adam, peut-être... Mais avec la seule Isabel, il valait mieux ne pas y penser.

DuPris leva un sourcil narquois, comme s'il était conscient du dilemme de Max. Puis il jeta un coup d'œil sur sa gauche. M. Manes accourait.

— J'aurais adoré jouer avec vous, dit DuPris. Mais aujourd'hui, je suis très occupé.

Il leva la main, la Pierre de Minuit émettant sa lueur violette au creux de sa paume.

— Non ! cria le major.

Il bondit pour s'emparer de la Pierre de Minuit.

Qui lança un éclair.

Max vola dans les airs. Littéralement. Il traversa la grotte en direction du vaisseau spatial. Trop étonné pour songer à crier.

Du coin de l'œil, il vit Liz suivre le même chemin que lui. Les longs cheveux de la jeune fille lui couvraient le visage comme un voile.

Une porte s'ouvrit dans le flanc du vaisseau spatial, à temps pour qu'il ne s'écrase pas contre la coque.

Max retomba lourdement sur le sol métallique.

Liz passa à son tour par l'ouverture et le percuta de plein fouet, lui coupant le souffle.

— Ça va ? Tu n'es pas blessée ? demanda-t-il, haletant.

Liz secoua la tête.

Isabel, Michael, Maria et Adam les rejoignirent par le même procédé… et, la gravité aidant, tombèrent sur eux.

Le sas se referma sans bruit.

Max réussit à s'asseoir. Isabel changea de position… Soudain, le cœur du jeune homme s'emballa.

M. Manes était assis derrière sa sœur.

DuPris l'avait enfermé avec eux.

— Vous êtes un homme mort ! cria Michael en se jetant sur le major. Vous avez essayé de tuer Adam !

— Je ne voulais pas…

— La ferme ! cria Michael.

Il fouilla l'ancien militaire et trouva une bombe aérosol qu'il lança à Max.

Michael recula, prêt à flanquer son poing dans la figure du major.

— Arrête ! cria Max.

Michael se pétrifia.

— C'est le père d'Alex, Michael, rappela Max d'une voix qui lui sembla anormalement calme. Peut-être serait-il bon que tu reconsidères…

— Pourquoi ? C'est un agent du Projet Table Rase… et il vient d'essayer de tuer Adam !

Le major s'éclaircit la gorge.

— Puis-je dire quelque chose pour…

— Non ! crièrent en chœur Max et Michael.

— Vous feriez mieux de la fermer, conseilla Isabel.

Max entendit un froissement de métal ; le sol se souleva. Il dut faire un pas de côté pour ne pas perdre l'équilibre.

Comprenant ce que cela signifiait, il écarquilla les yeux. Les parois du vaisseau spatial s'étaient rapprochées…

Un autre bruit métallique retentit, secouant le vaisseau.

La coque se referma un peu plus autour des prisonniers.

Le sol se souleva sous Max. Cette fois, il tomba.

— DuPris est en train de broyer le vaisseau, comprit Adam. Il le compacte avec l'aide de la Pierre.

Michael lâcha le major Manes et se campa au centre de leur prison, étudiant les parois.

— Rien ne peut endommager ce métal.

— C'est vrai, dit Adam. Le vaisseau reprend toujours sa forme initiale.

— Oh, mais alors, c'est merveilleux ! s'écria Isabel. Pour le vaisseau… Mais si vous réfléchissiez, vous sauriez qu'à l'instant où il reprendra sa forme d'origine, nous serons en bouillie !

— Que proposes-tu, Isabel ? demanda Michael.

— Sortir d'ici ! Faisons une ouverture dans la coque et fichons le camp de cet enfer !

— Rien ne peut endommager ce métal, lui rappela Michael. Il est conçu pour des voyages intergalactiques !

— DuPris a ouvert une paroi, dit Liz. Alors, c'est possible.

— Oui, concéda le jeune homme. A condition d'avoir la Pierre de Minuit.

— Il faut tenter *quelque chose*, insista Isabel tandis que les parois se rapprochaient de nouveau. Je ne vais pas rester assise là les bras ballants pendant que DuPris nous écrabouille comme des limaces ! Connectons-nous !

Adam approcha. Isabel prit sa main et celle de Michael dans les siennes. Max compléta le cercle. Aussitôt, ils furent connectés.

Isabel se concentra. Elle se représenta la coque, puis l'imagina percée d'un grand trou.

Ils enjoignirent aux molécules du métal de s'écarter les unes des autres, le pressant de se soumettre à leur volonté.

Une tâche épuisante. Le matériau extraterrestre était le plus coriace qu'Isabel ait rencontré.

Enfin, elle sentit une faiblesse dans le matériau de la paroi. Un trou s'ouvrit, de la taille d'un petit pois.

Plus large ! Il faut qu'il soit plus gros !

Mais l'ouverture se referma presque aussitôt.

Isabel grogna de frustration.

— Nous avons besoin de plus de puissance, dit Adam.

— Maria ? appela Max. Liz ?

Sans hésiter, les deux jeunes filles répondirent à l'appel.

A six, ils réussirent à pratiquer une ouverture un peu plus grande.

Qui se referma aussi vite que la première.

Le vaisseau spatial grinça de nouveau. Il suffisait à Isabel de tendre les bras pour toucher les deux parois.

— Que faire ? cria-t-elle.

— Si vous pouviez rouvrir un trou dans la coque, j'ai peut-être la solution, dit M. Manes.

Isabel se tourna et le foudroya du regard.

Qui lui avait donné le droit de parler ?

— Nous n'avons pas besoin de votre aide !

— Allez, Isabel ! cria Maria. Il n'a pas plus envie que nous d'être écrabouillé !

— Quelle solution ? demanda Max.

— Si vous pouvez percer la paroi, j'activerai l'arme chimique et je la jetterai hors du vaisseau. Ça devrait nous débarrasser de DuPris.

— Ce n'est pas un mauvais plan, concéda Michael. Je dirais même qu'il est excellent. Mais c'est moi qui activerai la bombe. Je ne tiens pas à prendre le risque que nous soyons tous tués.

— Impossible ! La mise à feu est réglée sur mon ADN. Moi seul peux l'activer.

Un autre crissement de métal couvrit presque la fin de la phrase du père d'Alex. DuPris pressait le vaisseau comme un citron. Isabel s'aperçut que Max avait désormais du mal à se tenir debout, tant le plafond était bas.

— Il a déjà essayé de nous tuer une fois avec le gaz ! cria-t-elle.

— J'ignorais que vous étiez dans ces grottes ! Je n'avais pas placé les charges pour vous, mais pour DuPris. Je les avais disposées autour de son repaire, avec l'espoir qu'il ne puisse plus s'échapper…

Le major marqua une pause.

— Une minute ! Si ces armes sont efficaces sur vous… et vous avez parlé de vous « connecter »…

— Vous avez fini par comprendre ? ironisa Isabel. Tant mieux pour vous. Mais nous savons aussi la vérité à votre sujet, monsieur l'agent du Projet Table Rase, l'organisation créée pour traquer les gens comme des bêtes, les enfermer… et les tuer !

Le major cligna des yeux, surpris.

— De quoi parlez-vous ? Il n'a jamais été dans l'intention du Projet Table Rase de…

Le vaisseau se souleva de nouveau, les renversant comme des quilles.

Isabel cria quand Max se releva et se cogna la tête. Il y avait désormais moins d'un mètre quatre-vingts entre le sol et le plafond…

La jeune fille oublia ses griefs contre le major. S'ils remettaient leur sort entre les mains de M. Manes, Michael, Adam, Max et elle mourraient peut-être. Mais s'ils s'obstinaient, ils mourraient *à coup sûr*.

Le vaisseau se contracta encore.

Percutant Adam, Isabel tomba. Cette fois, elle ne put plus se relever. Les parois étaient si proches que les prisonniers se serraient les uns contre les autres.

Le temps pressait.

— Vite ! cria Isabel.

Max tendit la bombe au major Manes.

Pourvu que nous ayons fait le bon choix..., pensa Isabel.

Ils firent dans la paroi une ouverture assez grande pour passer l'extrémité de la bombe.

M. Manes l'activa et vaporisa du gaz dans la grotte. Puis il recula avant que le trou se referme.

Isabel s'appuya à Adam. Elle n'avait jamais éprouvé pareille lassitude. Ils étaient dans le vaisseau. Le gaz et DuPris étaient dans la grotte.

Maintenant, il ne restait plus qu'à attendre.

Et à espérer.

Max attendit que le vaisseau se contracte une dernière fois, signifiant qu'ils avaient échoué.

Puis une pensée lui traversa l'esprit. Une idée dérangeante. Un détail auquel aucun d'eux n'avait réfléchi.

DuPris avait ouvert la paroi du vaisseau pour les jeter à l'intérieur. Si l'arme chimique le tuait et que les murs cessaient de se rapprocher, qui les libérerait de leur prison ?

Soudain, la coque du vaisseau parut onduler.

Max regarda la paroi métallique. Elle avait perdu de sa substance et devenait transparente ! Bon sang, elle se dissolvait !

En moins d'une minute, le vaisseau eut disparu,

laissant Max, Liz, Maria, Michael, Isabel, Adam et le major Manes sur le sol humide et froid de la grotte.

— Le gaz ! s'exclama Isabel. Il est toujours dans l'air ?

— Ne vous inquiétez pas, la rassura le père d'Alex. Je n'en ai pas beaucoup vaporisé. Il doit s'être déjà dissipé.

Max regarda autour de lui.

DuPris aussi avait disparu.

Emportant le vaisseau spatial avec lui.

DuPris était incroyablement fort ! Il avait réussi à survivre au gaz et à se téléporter ailleurs, *avec* le vaisseau. Comment vaincre un être aussi puissant ?

Et sans le vaisseau, ils n'avaient aucune chance de sauver Alex.

DuPris avait pu se téléporter n'importe où. Il était peut-être même assez fort pour se téléporter ailleurs que sur Terre – la Lune, par exemple.

Alex était condamné jusqu'à ce qu'ils réussissent à retrouver DuPris… ou que la conscience collective puisse ouvrir un autre vortex.

Mais Alex serait peut-être mort.

— Que faisons-nous, Max ? s'enquit Maria.

C'était toujours à lui qu'on posait ce genre de questions.

— Je n'en ai pas la moindre idée…

— Qu'est-ce que ça fait ? demanda Adam.

Max crut qu'il lui parlait. Puis il s'aperçut que la question était destinée au major Manes.

Max se tourna vers le père d'Alex, qui tenait une boule cuivrée au creux de sa main. Sous les regards médusés des six amis, il se baissa et la posa doucement sur le sol.

— Cet orbe a été créé pour emmagasiner et amplifier l'énergie utilisée en sa présence. Dans ce cas précis, il s'agit de la puissance générée par la pierre que détient DuPris.

M. Manes avait toute l'attention de Max. Et de ses cinq amis.

— Peut-être a-t-il absorbé assez de puissance pour nous permettre de ramener Alex.

Max cligna des yeux. Ainsi, M. Manes savait où était son fils… Il en resta sans voix.

— Comment ça fonctionne ? demanda Liz.

— Comme ça, répondit M. Manes.

Il fit tourner l'objet comme une toupie, puis recula vivement.

L'élan initial donné, Max constata que la boule tournait de plus en plus vite… Un défi lancé à pas mal de lois de la physique !

Fasciné, il ne put détacher son regard de l'orbe.

Puis des étincelles jaillirent.

Des boules lumineuses aveuglantes entourèrent l'orbe, tournant à leur propre rythme. Avec ses satellites, l'orbe évoquait un atome et ses électrons. Ou un système solaire.

Une silhouette se forma au-dessus de la pseudo-toupie. Un ensemble de molécules tourbillonnantes.

Max plissa les yeux et distingua une image.

Celle d'Alex !

Liz prit la main de Max.

A chaque seconde, l'image devenait plus nette – plus *concrète*. Et il ne s'agissait pas d'un hologramme mais d'un phénomène physique, un assemblage de molécules en formation…

L'orbe allait ramener Alex !

Oui, ça fonctionnait ! Alex allait rentrer chez lui !

Mais l'orbe ralentit.

M. Manes gémit. L'image d'Alex se brouilla.

— Non ! cria Max. Ne laissez pas l'orbe s'arrêter ! Connectez-vous ! Vite !

Max tenait déjà la main de Liz. Il referma l'autre sur le poignet d'Isabel. En une seconde, ils eurent reformé leur union.

Toute la puissance sur l'orbe ! ordonna Max au groupe. *Il faut qu'il continue de tourner pour ramener Alex !*

Un instant, l'image d'Alex devint si nette qu'ils crurent avoir gagné. Les yeux du jeune homme se posèrent sur Isabel, puis Max, puis Liz…

Max était certain qu'il les voyait.

Mais l'image se brouilla.

Et disparut.

Achevé d'imprimer sur les presses de

BUSSIÈRE

GROUPE CPI

à Saint-Amand-Montrond (Cher)
en janvier 2002

FLEUVE NOIR
12, avenue d'Italie
75627 Paris Cedex 13
Tél. : 01-44-16-05-00

— N° d'imp. 20160. —
Dépôt légal : février 2002.

Imprimé en France